KB094923

강서울 현대 판타지 소설
MODERN FANTASTIC STORY

탑스타의 재능서고

탑스타의 재능 서고 5

강서울 현대 판타지 소설

초판 1쇄 찍은 날 § 2021년 6월 17일
초판 1쇄 펴낸 날 § 2021년 6월 24일

지은이 § 강서울
펴낸이 § 서경석

총괄팀장 § 노종아
편집책임 § 박현성
디자인 § 공간42

펴낸곳 § 도서출판 청어람
등록번호 § 제387-1999-000006호
등록일자 § 1999. 5. 31
어람번호 § 제1-3141호

주소 § 경기도 부천시 부일로 483번길 40 서경B/D 3F (우) 14640
전화 § 032-656-4452 팩스 § 032-656-4453
http://www.chungeoram.com
E-mail § chungeorambook@daum.net

ⓒ 강서울, 2021

ISBN 979-11-04-92354-8 04810
ISBN 979-11-04-92327-2 (세트)

도서출판 청어람

5

강서울 현대 판타지 소설
MODERN FANTASTIC STORY

탑스타의 재능 서고

탑스타의
재능 서고

목차

제1장

재회

「무인도의 법칙」 첫 방영 이후, 아린은 정말 스타의 반열에 올라섰다.

촬영하는 일주일의 기간 동안 그녀에게 쏠렸던 스포트라이트는 고스란히 카메라에 담겼다.

상준은 흐뭇한 미소를 지으며 댓글을 확인했다.

─쟤는 누구야? 신인인가?
└노래 겁나 잘 부르는데????
└와, 듀엣 무대 할 때 소름 돋았잖아
└저거 라이브임?
└○○ MR도 없잖아
└와 미쳤다 ㅋㅋㅋㅋㅋㅋㅋ

—서아린이고, 유플라이의 메인보컬이에요!!!
 ㄴ유플라이 애들 이제야 빛 보는 구나ㅠㅠㅠ
 ㄴ많이 알아줬으면 좋겠는 그룹임 진짜
 ㄴ수록곡도 다 좋아요~ 유플라이 데뷔곡 많이 들어주세요!!
—얘는 진짜 뭔가 보고 있으면 빛이 나는 거 같던데
 ㄴㅇㅈㅇㅈ
 ㄴ묘한 기운이 있음
 ㄴ실력도 있고 성실하고 착하던데 잘됐으면 좋겠다
 ㄴ유플라이! 유플라이! 유플라이!

　상준과 함께한 듀엣 무대가 하이라이트 영상으로 떠올라 줄
곧 화제가 되고 있었다. 그동안 저 지하에 묻혀 있었던 유플라
이의 데뷔곡은 차트 인에 성공했고. 무명의 유플라이에겐 기적
과도 같은 변화였다.
　"어어, 아린이 나오네."
　조승현 실장은 피식 웃으며 텔레비전을 손으로 가리켰다.
　연예계 프로까지 나온 모양이었다.
　"그러네요."
　「무인도의 법칙」 이후로 상준뿐만 아니라 아린에게도 스케줄
이 쏟아졌다. 그리고, 아린의 엔터에서는 배려 없이 빡센 스케줄
을 다 돌리고 있는 듯했다.
　"힘들 텐데."
　상준은 걱정스러운 눈길로 화면을 바라보았다.
　다행히도 화면 속의 아린은 활기찬 모습이었다.

스케줄은 없는 것보단 많은 것이 배로 감사하니까.

"시작한다. 시작한다."

연예가 프로의 리포터가 아린에게 질문을 던졌다.

―얼마 전에 무인도의 법칙에서 활약하셨다고 들었어요. 화제가 된 신인이죠, 유플라이의 메인보컬 서아린 씨!

―네, 안녕하세요!

아린은 특유의 긍정 에너지로 또박또박 실수 없이 질문에 답했다.

상준이 준 재능은 끝난 뒤지만, 이미 한번 스포트라이트를 받은 경험이 있는 아린은 곧잘 인터뷰를 이어갔다.

그리고.

'정말 빛이 나네.'

굳이 재능이 없이도, 묘한 빛이 나는 기분이었다.

인터뷰에 응하고 있는 아린의 뒤로 「무인도의 법칙」 촬영분이 지나갔다. 조승현 실장은 흥미로운 눈길로 말을 걸었다.

"이야, 너도 나온다."

"어어, 저거 그거네요."

집까지 순식간에 지어버린 상준.

그다음 날에 이어진 건 물고기 사냥이었다.

그물까지 주어진 상황이긴 했지만, 비슷한 경험이 없는 출연진들은 당황할 법한 상황이었다. 그 속에서도 상준은 놀랍게도 침착한 얼굴이었다.

─서록도 해변가에 가장 많이 분포하는 어종은 날치라고 합니다. 이 물고기는 워낙 날렵하지만, 지금은.

─…제 먹이입니다.

"푸흡."

조승현 실장은 참지 못하고 웃음을 터뜨렸다.

제공 화면 영상을 확인한 아린 역시 리포터 앞에서 웃고 있었다.

'왜 웃는 거지.'

그 이유는 상준만 모르고 있었다.

딴건 몰라도 열정 앞에선 눈이 멀어버리는 상준이다.

화면 속 아린은 두 손으로 입을 가린 채 한참을 웃고 있었다.

─혹시 무인도에서 자랐냐고 제가 물어봤잖아요.

─아, 그랬어요?

리포터와 아린이 주고받는 대화를 들으며 상준은 멍해졌다.

'열심히 했을 뿐인데.'

상준은 머리를 긁적이며 조승현 실장을 돌아보았다.

조승현 실장은 너털웃음과 함께 마음에도 없는 소리를 뱉었다.

"잘하더라고."

"아, 감사합니다."

「무인도의 법칙」을 통해 아린이 빛을 본 건 맞지만, 상준을 향한 반응도 마찬가지로 뜨거웠다. 가장 큰 이유는 예상외의 생존력 때문이었다.

—제 먹이입니다 ㅋㅋㅋㅋㅋㅋㅋㅋ

└그 와중에 너무 해맑아

└사상 최초 애벌레를 언급하는 아이돌이 있다? 그것은 바로…
상준그릴스!

└아, 이거 보고 본방 때 뿜었잖아

└애벌레는 훌륭한 단백질 공급원이죠

└진짜 먹을 거 같았음 ㅋㅋㅋㅋㅋ

└상준이의 열정이라면 가능해!!! 할 수 이따!!!

└이걸 왜 응원해 주는 거야ㅠㅠㅠ 온탑 정신 차려

└팬들마저도 특이점이 왔네 ㅋㅋㅋㅋ

—집도 잘 짓지만 레전드는 그거지

└뭔데 뭔데

└삽질

└ㅋㅋㅋㅋㅋㅋㅋㅋㅋㅋ

└아 진짜 삽질 정말 잘하더라

└뒤에서 경악하는 정남규 표정 jpg.

—이쯤에서 다시 보는 이은영 작가의 명언.

└아니, 저게 아이돌이야, 원주민이야.

└ㄹㅇ 공감이다 이건

└나도 이 생각함 ㅋㅋㅋㅋㅋ

└어쩌면… 무인도에서 태어난 게 아닐까? 서울은 상준이를 가
두기엔 너무 각박한걸?

└온탑들 제발 정신 차려……!!!!

"크흠."

댓글을 읽어 내려가던 조승현 실장은 화면을 가리키며 말을 돌렸다.

"이야, 물고기도 저렇게 잡은 거야? 구워 먹고?"

"아, 하루 정도 구워 먹었어요."

3박 4일의 스케줄이다.

잡은 물고기를 맛있게 구워 먹은 얘기를 하고 있는 화면 속 아린을 바라보며, 조 실장은 놀란 눈으로 물었다.

"그러면 다른 날은?"

"컵라면 먹었어요."

댓글들을 뒤적이며 대수롭지 않게 내뱉는 상준의 말.

조승현 실장은 웃음을 터뜨리며 상준의 능청스러운 말을 들었다.

"무인도에서 먹는 컵라면이 맛있더라고요."

"그, 그렇긴 하겠네."

3박 4일의 스케줄이긴 하지만, 사실상 첫째 날과 이튿날에 대부분의 촬영이 끝났다. 그 뒤로는 괜히 고생하지 말란 의미에서 제때제때 끼니를 해결하게 해준 모양이었다.

"다행이네. 근데 쟤는 왜 그러냐."

리포터가 묻는 질문에 아린은 전혀 다른 소리를 하고 있었다.

―3박 4일 동안 촬영이라서 그런지 촬영이 엄청 **빡셌거든요**.

―무인도면 엄청 **빡셌긴** 했겠네요.

아린의 말에 곧바로 동조하는 리포터.

상준 역시 리포터처럼 고개를 끄덕이며 능청스레 말을 뱉었다.

"에이, 실장님. 방송 모르서요?"

"……."

"컷라면 먹었다고 할 수는 없잖아요! 방송인데!"

"와."

조승현 실장은 기특하다는 듯이 상준의 어깨를 토닥였다.

하지만, 이내 상준의 어깨를 세게 움켜쥐는 조 실장이다.

"이야, 아주 방송인 다 됐어."

"아악! 실장님, 저는 맞는 말만……."

투덜대며 몸을 움츠리던 상준은 놀란 눈으로 고개를 들었다.

텔레비전 화면에서 익숙한 이름이 흘러나왔기 때문이었다.

—그런데 그 빡센 촬영에서도 되게 고마웠던 분이 있어요.

—누군가요?

—같이 촬영했던 나상준 선배님이요.

"아."

상준이 아린에게 준 재능으로 대중의 주목을 받게 된 건 사실이다.

하지만, 당사자인 아린은 그걸 알 리가 없다.

'나는 왜?'

그렇기에 가장 먼저 그 생각이 들 수밖에 없었다.

상준이 뚫어져라 화면을 바라보는 사이, 아린이 조심스레 입을 열었다.

─힘이 되는 말들을 많이 해주셨어요.

스스로의 가치를 숫자로 매기지 말라는, 상준이 건넸던 그 한마디.
하지만, 그 사실을 있는 그대로 말할 수는 없었기에.
아린은 웃음을 흘리며 말했다.

─애벌레는 훌륭한 단백질 공급원이라고.

"푸흡."
곧바로 뒤에서 웃음소리가 터져 나왔다.
조승현 실장이다.
"아, 멋있는 말 기대했는데."
상준은 머리카락을 쥐어뜯으며 무릎에 얼굴을 파묻었다.
"왜 그딴 말을 해가지고."
방송에서 정신없이 웃어대는 리포터의 얼굴이 화면 가득 떠올랐다.

─와, 정말 선배의 가르침이네요.
─그러니까요. 많은 걸 배웠습니다.

상준은 한숨을 내쉬며 리모컨을 들었다.
"안 볼래요."
삐─.
텔레비전을 꺼버린 상준은 진심으로 심각한 얼굴이었다.

"그, 그래라."

조승현 실장은 웃음을 참으며 고개를 끄덕였다.

이미 가뜩이나 '상준그릴스'나 '애벌레상준'이라는 별명이 따라붙고 있었다. 저 방송까지 나가면…….

"하."

'도영이가 얼마나 놀릴까.'

상준은 실장실 소파를 둘러보며 간곡하게 애원했다.

"실장님, 저 여기서 자면 안 될까요."

"아니, 갑자기 왜."

"숙소에 가기 무서워요."

무서운 동생들이 기다리고 있다.

몇 년 치 놀림거리 리스트를 뽑아놨을 게 분명했다.

"그제도 무인도의 법칙 나오자마자 저 놀리려는 거, 제가 연습한다고 도망갔잖아요."

"에이, 애벌레가 뭐 어때서."

"……."

누가 뭐래도 스스로 무덤을 판 셈이었다.

상준은 짙은 한숨을 내쉬며 고개를 푹 숙였다.

그런 상준이 안쓰러웠는지 조승현 실장이 화제를 돌렸다.

"애벌레 말고 딴걸 잘하면 되잖냐."

"어떤 거요?"

툭.

유리 탁자 위로 상준의 스케줄표가 떨어졌다.

"너도 봤겠지만 둘이 좀 화제가 되어서."

"네?"

무인도에서 수많은 이들을 감격하게 한 둘의 '밤바다' 무대.

그 무대를 다시 보고 싶어 하는 사람들이 늘어서일까.

조승현 실장은 담담하게 말을 뱉었다.

"음악방송에서 듀엣 무대 제의 들어왔다."

*   *   *

"와아— 여기 진짜 신기하다."

JS 엔터의 연습실.

그 안에 들어서자마자 아린은 연신 감탄을 뱉어냈다.

그녀가 있는 엔터의 연습실은 워낙 시설이 노후화되어 있다 보니 이런 깔끔하고 널찍한 연습실은 처음이어서였다.

"좋아요?"

"대박인데요."

상준은 피식 웃으며 악보를 체크했다.

상준이 직접 수기로 작곡했던 첫 자작곡 '밤바다'.

그가 손에 쥔 악보에는 그때의 열정이 고스란히 담겨 있었다.

"이걸 조금 편곡해 보려고 하거든요."

"헉, 정말요?"

"네. 이건 5인용이니까."

유찬과 선우의 파트인 랩 부분도 많고, 둘이서 소화하기엔 살짝 버거운 요소들도 있었다. 무엇보다도.

"아이디어가 떠올라서요."

무인도용 재능들을 단번에 반납하고, 「21세기의 베토벤」을 대여한 상준은 정신없이 악보를 수정해 나갔다.

"잠시만요."

컴퓨터 앞에 앉은 상준은 악보대로 음을 하나씩 찍어나갔다.

손이 보이지 않을 정도로 빠른 손놀림.

'마이픽' 때 상준이 보여준 작곡 실력으로도 감이 왔지만, 실제로 보니 차원이 달랐다.

잠시 후, 벌떡 일어선 상준에게 아린이 놀란 눈으로 물었다.

"아니, 벌써 다 끝났어요?"

"한번 맞춰볼까요."

상준은 머쓱한 미소를 지으며 조심스레 편곡된 음원을 틀었다.

바뀐 첫 소절부터 아린은 입을 떡 벌렸다.

"와."

데뷔 전에 얕게나마 작곡의 기본을 배웠던 아린이었다.

물론 아주 기초긴 하지만, 그런 그녀가 들어도 한 번에 직감할 수 있는 재능.

트로피컬 사운드의 노래에 어쿠스틱 베이스를 깔았다.

몽환적이고 청량하던 탑보이즈 특유의 분위기는 미묘하게 바뀌어져 있었다.

그렇다.

나는 그때 그 밤바다를 기억해

무인도에서 MR 없이 선보였던 무대.

상준과 아린의 목소리가 어우러져 만들어낸 무인도의 밤무대를 고스란히 살려낸 분위기다.

　마치 원래 듀엣곡인 것처럼 자연스러운 편곡.

"가능할 거 같아요?"

"물론이죠!"

　편곡된 노래를 들은 아린의 두 눈이 아까보다 더 불타올랐다.

　탑보이즈의 팬인 그녀가 '밤바다'를 안 들어봤을 리 없다.

　수없이 연습하고 들어왔던 노래. 그렇기에 학습도 훨씬 빠를 터였다.

　하지만.

"중요한 포인트가 하나 있어요."

　상준의 말에 아린은 열정적인 눈빛을 보냈다.

"뭔데요?"

　무엇이든 다 흡수하고야 말겠다는 강한 열정.

　상준은 진지한 얼굴로 입을 열었다.

"실장님이 엄청 강조하셨거든요."

　듀엣 무대로 화제가 되었기에, 처음에는 마냥 좋아했던 조승현 실장이다.

　하지만, 정작 제안받은 듀엣 무대에는 신중할 수밖에 없었다.

'아이돌들 듀엣 무대 많이 하잖아. 근데 니들 신인이고. 절대 하면 안 되는 게 하나 있거든.'

'하면 안 되는 거요?'

조승현 실장이 확신에 찬 눈으로 내뱉은 그 단어.

상준은 메모해 놓은 종이를 펼치며 중얼거렸다.

"멜로… 눈… 깔."

"예?"

아린은 두 눈을 끔뻑이며 상준을 올려다보았다.

상준은 당당한 표정으로 다시금 강조했다.

"멜로 눈깔이요."

'딴건 되는데 그건 안 돼. 듀엣은 비지니스야, 비지니스. 알지?'

아이돌에게 연애설은 치명적이기 때문이었다.

"아!"

다른 사람이면 웃으며 흘려들었을 조언일지 모르지만, 아린과 상준은 달랐다. 아린은 환한 미소를 지으며 종이에 네 글자의 단어를 끄적였다.

"멜로 눈깔! 메모했어요!"

"저도요. 잘할 수 있을 거 같아요."

"막 자신감이 샘솟는데요?"

그 잘못된 방향의 자신감이 어떤 결과를 가져올지.

"멜로 눈깔 없이……!"

"없이!"

"파이팅!"

"파이팅! 파이팅!"

해맑은 그들은 알 길이 없었다.

　　　　*　　　　　*　　　　　*

"와아아아!"

음악방송 무대에 오른 것도 여러 번이지만 아직도 저 함성 소리만 들으면 전율이 온다. 비교적 경험이 많은 상준이 그렇다면 아린은 더할 터였다.

긴장한 기색이 역력한 아린에게 입모양으로 파이팅을 외치며, 상준은 마이크를 들었다.

"아린아아아악!"

"탑보이즈! 탑보이즈! 탑보이즈!"

커튼이 걷히자 목청을 높여 부르던 팬들의 목소리가 가까워졌다.

관객석에는 푸른 응원 봉과 유플라이의 핑크빛 응원 봉이 한데 어우러져 파도처럼 넘실거리고 있었다. 온탑들이 대부분이긴 했지만, 새로 유입된 유플라이의 팬들도 상당수였다.

'와.'

예전에는 한 번도 본 적 없던, 관객석을 가득 메운 팬들.

아린은 감격한 얼굴이었지만 이내 안정을 찾았다.

디리링.

감미로운 피아노 소리와 함께 '밤바다' 무대가 시작됐기 때문이었다.

별빛이 쏟아지던 그 바다에서—
난 너와 함께 있었어

긴장한 기색은 어디로 가고, 아린은 곧바로 침착하게 첫 소절을 불러 나갔다.

편곡된 '밤바다'의 노래와도 어울리는 아린의 청아한 목소리.

그 목소리가 울려 퍼지자마자, 관객석엔 정적이 맴돌았다.

"……"

그다음으로 이어지는 건 상준의 파트.

'밤바다'가 떠오를 듯한 몽환적인 목소리다.

상준은 미소를 지으며 조심스레 아린에게 한걸음 다가섰다.

안무는 수없이 연습한 데다가 그다지 어렵지도 않았지만, 무대를 펼치는 둘의 머릿속에선 동시에 하나의 기억이 떠올랐다.

'멜… 로… 눈깔……'

분명 듀엣 무대인데 로맨틱한 눈빛을 주고받아서는 안 된다는 아이러니한 조언. 그 조언을 충실히 연습했던 상준은 열의에 타오르는 눈길로 아린을 바라보았다. 그건 아린 역시 마찬가지.

감미로운 둘의 목소리가 무대를 가득 메웠다.

나는 그때 그 밤바다를 기억해

"아?"

둘의 목소리에 연신 감탄하고 있던 관객들은 두 눈을 동그랗게 떴다.

'노래는 너무 좋은데…….'

눈을 감고 들으면 밤바다가 절로 떠오르는 로맨틱한 무대다.

그런데 마주 보고 있는 둘의 눈길이 어째…….

"눈싸움하는 거 같은데?"

"열정적이다, 되게."

그다음으로 이어지는 안무.

아린의 손에 상준이 손을 얹는 안무다.

충분히 로맨틱하게 연출될 수 있는 장면인데도, 상준은 최대한 조심스럽게 손을 얹고 있었다.

"잡은 거야, 안 잡은 거야?"

"그거 같은데, 텔레파시."

"둘이 접신하는 건가?"

웅성대는 관객석.

그걸 알 리 없는 둘은 열정적으로 무대를 이어갔다.

상준의 입에서 흘러나오는 부드러운 마지막 소절과 함께.

일주일을 연습했던 '밤바다'의 무대는 끝이 났다.

나는 그때 그 밤바다를 기억해

노래 가사와는 미묘하게 달랐던 무대.

다른 의미로 여운을 남긴 무대 앞에서.

"와아아아아!"

또다시 함성이 이어졌다.

　　　　*　　　　　　*　　　　　　*

ー아린 상준 듀엣 무대 봤냐 ㅋㅋㅋㅋㅋㅋㅋㅋㅋㅋ
ㄴ저 정도면 둘이 멱살 잡고 무대 한 거 아님?
ㄴ눈빛이 너무 살벌한데 ㄷㄷㄷㄷ
ㄴ저… 저건 로맨틱한 눈빛이라고요!
ー나는 손잡는 게 젤 웃겼음
ㄴ이티 아니냐ㅋㅋㅋㅋㅋㅋ 왜 둘이 접신하고 있어?
ㄴ이혼 서류에 도장 찍고 법원 앞에서 부르는 느낌인데
ㄴ이거다ㅋㅋㅋㅋㅋㅋㅋ
ㄴ와, 정말 로맨틱하네요^^
ㄴ그 와중에 노래는 쓸데없이 감성적임
ㄴ22 심지어 잘 부름
ー사회적 거리두기를 실천하는 바람직한 모습이군요^^
ㄴ듀엣 무댄데 왜 2미터 떨어져서 부르냐고
ㄴ이게 비즈니스의 표본이다
ㄴ아ㅋㅋㅋㅋㅋㅋㅋㅋ 진짜 ㅋㅋㅋㅋ
ー본격 카메라와 연애하는 현장
ㄴ팬은 행복합니다
ㄴ이렇게 멜로 눈깔이 없는 듀엣 무대는 처음 봄
ㄴㅇㅈㅇㅈ

"와, 무대를 뒤집어놓고 왔구나!"
"…말 걸지 말아줄래."

"에이, 왜. 무대 대박이었는데."

상준은 도영을 외면하며 돌아앉았다.

하지만, 이미 놀림거리를 모아 온 도영이 가만히 있을 리 없었다.

도영은 호들갑을 떨며 유찬을 불렀다.

"야, 야. 댓글 읽어봐."

"네, 아주 반응이 뜨거운데요."

이럴 때만 쿵짝이 아주 잘 맞는 둘이다.

유찬은 신이 난 목소리로 눈에 띄는 댓글들을 읽어나갔다.

"아, 혹시 눈싸움인가요?"

"크흠."

상준은 헛기침을 하며 고개를 저었다.

솔직히 이건 너무 억울해서였다.

"난 실장님 말씀을 들었다니까."

"멜로 눈깔?"

연습 때부터 줄곧 상준이 끄적거리던 말의 정체를 알고 있었던 멤버들이다. 선우는 웃음을 터뜨리며 말을 던졌다.

"이야, 이걸 실장님 탓을 하네."

도영은 쾌씸하다는 듯이 말을 얹었다.

"아, 안 되겠다. 이거 일러야겠다."

"맞네."

"그러게. 빨리 가자."

이때다 싶어 단체로 몰아가는 멤버들.

상준이 두 눈을 끔뻑이며 반박하려던 순간이었다.

"얘들아, 얘들아!"

벌컥.

굳게 닫혀 있던 숙소의 문이 열렸다.

"매니… 저님?"

저녁에 상준의 드라마 촬영이 있는 거 외엔, 별다른 스케줄이 없었다.

다급하게 숙소로 들어온 송준희 매니저를 본 멤버들은 당황한 기색이었다.

"무슨 일 있어요?"

어딘가 상기되어 보이는 송준희 매니저의 얼굴.

송준희 매니저는 떨리는 목소리로 다급히 말을 뱉었다.

"시청률! 시청률!"

"네?"

"상준이 너 출연하는 드라마!"

케이블방송임에도 불구하고 줄곧 상승 곡선을 그렸던 〈흥부외과—기억의 시간〉이었다.

이은영 작가의 드라마가 끝나고 나선 급기야 15프로대를 돌파했고.

그런데.

송준희 매니저가 들고 온 소식은 믿기질 않았다.

"20프로… 20프로 넘었대!"

*   *   *

"이야, 시청률의 주역 오셨네."

"다들 박수우―!"

"와아아아아!"

15프로대이던 드라마가 갑자기 20프로대로 훌쩍 뛰어오른 건, 「무인도의 법칙」이 방영된 후였다.

입소문을 타고 조금씩 시청률이 오르고 있었던 「흉부외과」다. 거기에 「무인도의 법칙」에서의 홍보까지 더해지니.

"이렇게 될 줄 알았다니깐."

황민철은 너털웃음을 터뜨리며 상준의 어깨를 토닥였다.

뛰어난 연기도 연기지만, 묘한 힘이 있다.

다른 사람들을 끌어모으게 하는 힘.

"자, 촬영 시작할까요!"

케이블에서 시청률이 20프로대가 넘는다는 건 절대 쉬운 일이 아니었다.

불리한 시간대에서 시작해서 빛을 보지 못하는 건 아닐까, 모두들 우려한 채로 시작한 드라마였다. 황민철을 제외한 캐스팅이 타 방송사의 드라마에 비해 약하기도 했던 것 역시 그 걱정에 한몫했다.

그런데.

"신인이 대단하네."

전혀 예상치 못했던 한 수가 판을 뒤집었다.

상준은 칭찬을 받으면서도 머쓱한 미소를 지었다.

"저는 한 게 없는데요, 뭐."

정확히는 삽질만 했을 뿐이다.

머리를 긁적이는 상준의 말에 황민철은 웃으며 고개를 끄덕였다.

"하긴, 연기는 겸손해야지."

"물론이죠."

분에 넘치는 관심.

그 관심에 보답할 방법은 노력뿐이라고 생각했다.

상준은 웃으며 다시 감정을 잡았다.

탁.

슬레이트 소리가 들리자마자, 호진에 완전히 이입하는 상준.

"무슨 일인데?"

비교적 평화로웠던 병원에 갑자기 환자들이 몰려들기 시작한다.

근처에서 벌어진 대형 사고에 병원은 분주해졌다.

"뭐야."

"환자가 너무 많이 들어오는데요. 감당 가능하세요?"

후배인 태령이 건네는 말에 호진은 한숨을 뱉으며 단호하게
말한다.

"감당해야지."

버거운 상태여도 단 하나의 환자도 돌려보내지 않는다.

아수라장이 된 상황에서도 호진은 침착함을 유지했다.

그와는 다르게 난장판이 된 병원.

"다들 뭐 하는 거야!"

상준의 우렁찬 목소리가 울려 퍼지자, 경민지는 놀란 눈으로
고개를 들었다.

'뭔가 다른데?'

평상시 상준의 연기와는 묘하게 다른 부분이 있었다.

힘이 실린 듯 귀에 선명하게 꽂히는 목소리.

그 목소리 때문인지 연기는 한층 몰입감 있게 들려왔다.

그리고, 그런 경민지의 느낌은 착각이 아니었다.

'괜찮나.'

체화로 얻게 된 '조합'의 효과였으니까.

상준은 빛나는 책을 슬쩍 올려다보고선 빠르게 달려갔다.

"환자 어땠나요."

「위대한 언변술」과 「연기 천재의 명연」.

데뷔 전부터 지금까지 상준에게 많은 도움을 줬던 재능들이었다.

하지만, 이 재능을 합치면.

「달변가의 명연」.

완전히 새로운 재능이 된다.

상준은 환자의 상태를 살피며 과감하게 말을 뱉었다.

"식은땀 있고, 맥박이 날뛰네요."

"아아아악!"

환자는 찢기는 듯한 고통을 호소하며 날뛰고 있었다.

바이털을 확인한 상준은 완벽한 딕션으로 말을 이었다.

"발작성 부정맥 환자 같네요."

그 순간, 떨어지는 혈압.

"어… 어?"

태령이 허둥대는 사이에, 상준이 긴박한 지시를 내렸다.

대본상으로 발음이 꼬일 만한 포인트가 많았지만, 발음이 새는 경우는 한 번도 없었다.

"에피네프린 투여해 주시고, 곧바로 수술 들어가겠습니다. 준비해 주세요."

캐릭터 이입 능력이야 원래부터 좋았던 상준이다.

황민철이 항상 감탄했던 것도 바로 그 포인트였으니까.

하지만.

'원래 저랬던가.'

신인이기에 조금은 부족하게 느껴졌던 발음.

그 딕션조차도 완벽히 보충된 연기다.

가만히 지켜보던 황민철도 놀란 눈으로 고개를 들었다.

괜히 배우들이 따로 발음 연습을 하는 게 아니다.

자신의 대사에 감정을 싣는 것 못지않게 중요한 건 그걸 전달하는 일이다. 엄청난 노력이 없이는 힘든 일이기도 했다.

'그걸 일주일 만에.'

단기간에 확 오른 발음 실력.

마치 실제 의사를 데려다 놓았다고 해도 믿을 법한 연기다.

황민철은 미소를 지으며 마지막 대사를 뱉었다.

"수술 들어가지."

긴급 상황에서도 빠르게 대처하는 후배를 본 흐뭇함.

그것이 대본 속 주어진 그의 연기였지만.

'허어.'

황민철의 입가에 걸린 웃음은 다른 의미였다.

진심에서 흘러나오는 흐뭇한 미소.

황민철의 얼굴을 클로즈업하며 촬영은 마무리되었다.

"컷! 오케이!"

"와, 한 번에 가네요."

씬이 끝나자마자 스태프들 사이에선 박수가 튀어나왔다.

상준이 나오는 장면은 거의 NG 없이 원테이크로 진행되는 편이었다.

무인도에 다녀온 지 얼마 지나지 않았는데도 짬짬이 시간을 내어 해왔던 연습 덕이었다.

"잘했어요, 수고했고."

"네, 감사합니다!"

황민철의 칭찬에 상준은 90도로 고개를 숙이며 뿌듯한 미소를 지었다.

그 순간.

PD가 손짓을 하며 상준을 불렀다.

"나상준 씨."

"넵!"

평상시에는 뛰어난 연기력에 감탄하며 기를 돋우어주었겠지만, 오늘은 할 얘기가 따로 있었다. 잠시 뜸을 들이는 감독에 상준은 의아한 얼굴이 되었다.

한참이 지나서야, 그는 본론으로 들어갔다.

"우리 드라마 시청률 20프로 찍은 거 알죠?"

"네, 알죠."

상준은 두 눈을 반짝이며 격하게 고개를 끄덕였다.

꿈만 같은 숫자. 본인이 주연으로 출연하는 드라마에서 그런 성과를 거둘 줄은 몰랐기에, 상준에게도 감격스러운 숫자였다.

그런데.

"20프로 찍으면 하기로 한 공약 있잖아요."

"아."

드라마 제작발표회에서 그런 말이 나오긴 했었다.

드라마 시청률 20프로대를 찍게 되면 공약을 실천하겠다며 단체로 내뱉었던 말.

그때는 20프로는 무리라며 아무 생각 없이 내걸었었는데, 이렇게 현실이 됐다.

'신기하네.'

약속이라면 지키지 않을 이유가 없었다.

상준은 미소를 지으며 말을 받았다.

"아, 저희 공약 실천하러 가나요?"

대수롭지 않게 내뱉은 상준의 말에, PD는 조심스럽게 물었다.

"공약… 기억나요?"

"아, 공약이요?"

공약.

별생각 없이 고개를 끄덕이던 상준의 머릿속을 스쳐 가는 기억.

"공약… 이요?"

그 기억을 떠올린 상준의 얼굴이 새하얗게 질렸다.

*   *   *

사건의 발단은 「흥부외과—기억의 시간」 제작발표회 현장이었다.

첫 드라마의 제작발표회.

상준은 떨리는 기색으로 자리에 앉았다.

간단한 자기소개도 마치고, 새로 시작하는 드라마를 소개하는 일도 끝났다.

새로 시작하는 드라마를 홍보하기 위한 제작발표회이기에, 빠질 수 없는 게 하나 있었다.

사회자는 미소를 지으며 황민철에게 말을 걸었다.

"자, 또 이게 빠질 수 없죠! 드라마 시청률 공약 시간입니다. 다들 하나씩 공약을 걸어주시죠."

"아, 공약이요?"

황민철은 잠시 고민하다니 조심스레 입을 뗐다.

"시청률 20프로."

"20프로요?"

자리에 있던 기자들이 술렁이기 시작했다.

드라마 공약이랍시고 내건 시청률이 너무나 높았기 때문이었다.

더욱이 이은영 작가의 드라마와도 동시간대였기에 그 시청률이 가능할 거라고 믿는 기자들은 없었다.

'공약은 안 하겠다는 건가.'

모두들 그렇게 짐작했다.

실제로 황민철의 생각도 비슷했고.

사회자는 고개를 끄덕이며 말을 이었다.

"네. 20프로면 엄청난 시청률인데요. 화끈한 공약들 걸어주시죠."

"갑시다, 화끈하게."

황민철은 웃으며 경민지에게 마이크를 넘겼다.

"아, 저요?"

경민지는 당황한 기색으로 웃음을 터뜨렸다. 졸지에 공약의 첫 순서를 맡게 된 그녀다. 사실 드라마 공약을 제시한다는 게 기분 좋은 일이기도 하지만, 부담이 되지 않는 것은 아니었다.

'너무 무리한 건 좀 그러니까.'

그렇다고 너무 쉬운 걸 내걸어도 반응이 싸늘하게 마련이다.

그랬기에 평소라면 깊은 고민에 빠졌을 문제지만.

'20프로인데, 뭐.'

대선배 황민철이 높은 시청률을 제시해 준 덕에 부담이 적었다.

실제로 케이블에서 그 정도의 시청률을 기대하긴 현실적으로 어려우니까.

"저는 고기를 구울게요."

"고기요?"

"네, 홍대 한복판에서."

유동 인구가 가장 많은 곳 중 하나인 홍대 버스킹 거리.

그 한가운데에서 당당하게 고기를 굽겠다는 소리였다.

경민지 나름의 화끈한 공약이었는데, 어째 돌아오는 반응은 미지근했다.

"에이."

황민철이 혀를 차며 입을 열었다.

"너무 약한 거 아닌가요."

어차피 20프로대인 이상 막 질러도 된다고 생각하는 그였기에, 호탕한 웃음이 튀어나왔다. 덩달아 신이 난 사회자는 눈을 반짝이며 물었다.

"그렇다면 공약 내걸어주시죠."

"민지 씨가 홍대에서 고기를 굽고 계시면, 제가 그 옆에서… 꽹과리를 치겠습니다."

"이야, 꽹과리를요?"

홍대 한복판에서 꽹과리를 치겠다는 화끈한 공약.

대선배 황민철의 공약을 들은 은수의 동공이 흔들리기 시작했다.

기세가 이렇게 잡힌 뒤에야 뒤로 내뺄 수도 없다.

'뭐, 괜찮겠지.'

그다음으로는 은수에게 오는 마이크.

은수는 능청스러운 목소리로 말을 이었다.

"선배님이 꽹과리까지 쳐주시니까 또 흥이 빠지면 안 되잖아요."

"그럼요. 흥의 민족인데."

"그래서 저는……."

은수는 슬쩍 상준을 돌아보았다.

'뭐 할까.'

마치 그렇게 묻는 듯한 눈길이다.

상준은 피식 웃으며 어깨를 으쓱였다.

이 자리에서 공약이 실천될 거라고 믿는 사람은 거의 없었기에, 은수는 아무 생각 없이 내질렀다.

"비보이댄스를 추겠습니다."

"이야. 다들 막 나가시네요."

사회자는 박수를 치며 웃음을 터뜨렸다.

머릿속에 떠올려 보면 퍽 재미있을 것 같은 광경이긴 하다.

PD조차도 아쉬운 눈길로 침을 삼켰다.

'아, 20프로 찍으면 재밌을 텐데.'

이제 마이크는 상준에게로 돌아왔다.

다들 이미 고삐 풀린 망아지처럼 날뛰고 있으니 무슨 공약을 내걸어야 할지도 감이 잡히질 않았다.

상준은 은수의 눈치를 살피며 슬쩍 물었다.

"추천 좀 해줘봐요."

상준의 한마디에 은수는 심각한 고민에 빠졌다.

나상준하면 딱 떠오른 하나의 단어가 있다.

"열정적으로 할 수 있는 거 뭐 없으려나."

은수는 턱을 쓸며 작게 중얼거렸다. 그런 은수의 말을 받은
건 황민철이었다.

"108배 어때요?"

"와, 진짜 열정이네."

"괜찮다, 괜찮다."

"다들 자기 일 아니라고."

은수가 던지는 말에 모두들 웃음을 터뜨렸다.

하지만, 열정이라면 또 질 수 없다.

상준은 황민철의 제안에 곧바로 긍정의 의사를 표했다.

"할 수 있죠."

"크으."

어차피 20프로대는 쉽게 나올 수 있는 시청률이 아니다.

정말 첫 데뷔작이 그 정도의 성적을 거둔다면야 못 할 게 뭐
가 있을까.

어깨를 으쓱이는 상준에 사회자는 마이크를 잡았다.

"다들 진짜 막 던지시네요."

"에이, 다 진심인걸요."

은수가 장난스럽게 받아치자 사회자는 고개를 끄덕이며 대본
을 손에 쥐었다. 모아놓으면 대환장 파티가 될 게 뻔했지만, 일단

은 이 복잡한 공약을 정리해 둘 필요가 있었다.

"그러니까 정리하자면, 경민지 씨가 고기를 굽고 황민철 씨가 꽹과리를 치는데……."

은수가 고개를 끄덕이며 말을 받았다.

"저는 비보이댄스를 추고, 상준이 형이 그 옆에서 108배를 하는 거죠."

"홍대 한복판에서?"

"그렇습니다."

한 치의 망설임도 없이 술술 나오는 대답.

경민지는 상준의 어깨를 툭 치며 장난스레 말을 뱉었다.

"이쪽이 가장 힘드니까 제가 고기 좀 나눠 주는 걸로."

"열 배 할 때마다 한 점씩 주죠."

"좋네요, 그거."

사회자는 정신없이 웃어대며 간신히 말을 이었다.

"네, 알겠습니다. 공약을 실천하는 날이 오길 바라도록 하겠습니다."

"워후! 좋습니다."

"와아아아!"

별생각 없이 들뜬 마음에 내뱉었던 말들.

하지만, 그들은 결국 후회하고야 말았다.

그때의 입방정이 지금의 결과를 불러왔으니까.

*　　　　*　　　　*

"…살기 싫다."

쿨럭.

상준의 한마디에 간신히 웃음을 참고 있던 선우는 헛기침을 했다.

한눈에 봐도 생각이 많아 보이는 얼굴이다.

"상준이 형, 상준이 형?"

"혼자 있고 싶다, 도영아."

옆에서 촐싹거리는 도영을 밀쳐내고 상준은 창밖으로 고개를 돌렸다.

하지만, 차라리 안 보는 게 나을 뻔했다.

"와. 사람 개많아."

"도영아, 말조심하랬지."

"사람 겁나 많네요."

도영은 연신 감탄을 토해냈다.

하필 공약이 이뤄지는 장소가 홍대 버스킹 거리인지라, 사람이 적을 리가 없을 거라 짐작했지만.

이 정도일 줄은 몰랐다.

"……."

상준의 얼굴이 급격히 창백해졌다.

하지만, 맏형의 불행은 곧 동생들의 즐거움인 법이다.

유찬은 차량 등받이에 기대며 말을 뱉었다.

"고기 맛있겠다."

"막대 사탕보다 맛있겠다."

"그치, 제현아. 엄청 부럽지."

"어엉."

거기에 더해지는 제현의 묵직한 한마디까지.

"부럽지만 난 안 갈래."

아.

상준은 탄식을 뱉어내며 지끈거리는 머리를 부여잡았다.

저 멀리서 머쓱한 표정으로 머리를 긁적이는 은수가 보였다.

"잘 다녀와라."

선우는 웃음을 참으며 상준을 떠밀었다.

이제 정말 가야 할 시간이었다.

"후우."

상준은 심호흡을 하며 차량에서 내렸다.

그와 동시에, 줄을 서 있던 시민들의 시선이 상준에게 쏠렸다.

"와아아, 탑보이즈다!"

"상준이다, 상준이!"

"헐, 저기 오는데?"

사람들의 시선을 느낄 때면 늘 전율을 느껴왔던 상준이었다.

수많은 이들의 사랑을 받는 직업, 연예인.

그 사실이 늘 감사했던 상준이었지만.

'제, 제발. 보지 마세요.'

오늘만큼은 아니었다.

상준은 붉게 달아오른 귀로 출연진들이 있는 중앙에 섰다.

"이야."

"부끄럽네요, 정말."

상준이 하고 싶은 말을 다행히도 은수가 먼저 해주었다.

"와아아아아아!"

"대박! 블랙빈이다!"

"상준아, 이쪽도 봐줘!"

유감스럽게도 팬들은 알아채지 못한 모양이었지만.

상준은 침착한 표정을 유지하려 애썼지만 오래가지 못했다.

황민철의 묵직한 말이 이어졌기 때문이었다.

"안녕하세요, 흉부외과 출연 배우 황민철이라고 합니다."

"와아아아악!"

"드라마 너무 재밌어요!"

"재밌어요!"

황민철은 예상 밖의 뜨거운 환호성에 헛웃음을 흘렸다.

"네, 여러분이 너무 사랑해 주신 덕에, 저희가 이렇게 이 자리에 왔습니다."

"푸흡."

경민지는 참지 못하고 웃음을 터뜨렸다.

그렇다.

'이들 중에 가장 정상적인 공약이니까.'

망할.

상준은 속으로 한숨을 내쉬었다.

착잡한 건 황민철 역시 마찬가지였다.

'이 나이에 무슨 쟁과리야.'

그것도 홍대 한복판에서.

대배우다운 인자한 미소가 사라질 지경이었지만, 시청자들과의 약속을 어길 수는 없었다. 울며 겨자 먹기로 황민철은 힘겹게 입을 뗐다.

"시청률 20프로 정말 감사드리고, 앞으로도 열심히 하겠다는 마음으로 꽹과리를 치도록 하겠습니다."

"…네?"

"네에?"

사방에서 놀람의 탄성이 튀어나왔다.

오늘 드라마 행사를 한다는 말에 찾아온 사람들은 많았지만 정확한 공약에 대해 아는 이들은 소수였기 때문이었다.

"에이, 농담하는 거 아냐?"

다들 반신반의하며 지켜보고 있을 때였다.

그런데.

"정말 하는데……?"

치이익ㅡ.

삼겹살 한 줄을 불판 위에 올려놓는 경민지.

지글지글 올라오는 소리와 동시에 황민철이 꽹과리를 집어 들었다.

"…뭔 조화지?"

혼란에 빠진 사람들 틈으로 경쾌한 소리가 울려 퍼진다.

그리고 거기에 더해지는 상준의 오프닝 무대.

"아리아리랑ㅡ 스리스리랑ㅡ."

"이… 이게 무슨."

'마이픽'에서 선보였던 아리랑과 달리 경쾌한 멜로디를 지닌 '밀양아리랑'.

"아라리ㅡ 가 났ㅡ 네!"

세마치장단의 경쾌한 리듬에 맞춰 흥을 타는 상준.

황당해하던 팬들은 이내 놀란 눈이 되었다.

"신… 신나."

"저 지금 너무 혼란스러워요."

"내가 뭘 보고 있는 거지?"

관객들을 저도 모르게 들썩이게 만드는 노래.

황민철은 부끄러움도 잊고선 신나게 꽹과리를 치기 시작했다.

"예에에."

'뭘까.'

어딘가 끌리는 힘이 있는 상준의 목소리를 들으며, 황민철은 오래된 기억을 끄집어내었다. 국민학교 시절 국악부 소속이었던 민철.

'꽹과리는 흥이란 말이여.'

담임선생님이 해주셨던 그 말을, 이제야 알 거 같았다.

사람들과 어우러져 만들어내는 공연.

그 속에 담긴 흥의 진짜 의미를.

"크흡."

황민철은 눈시울을 붉히며 신명 나게 꽹과리 연주를 이어갔다.

그때였다.

"꺄아아아아!"

가뜩이나 달아올랐던 무대를 더욱 후끈하게 만들 공연.

은수는 이를 악물고선 비보이댄스를 시작했다.

"아니, 이게 뭐냐고."

"갑자기 비… 비보잉은 왜 나오는 거야?"

모두들 충격에 빠진 표정으로 무대를 보면서도 응원을 멈추지 않았다.

대신 다른 걸 멈춘 그들이었다.

"나는 생각하는 걸 멈추기로 했어."

"…나도."

이것이 바로 동서양의 조화일까.

상준의 흥이 넘치는 보컬 위로.

"아리아리랑—."

은수의 비장의 무기, 바닥 쓸기가 시작되었다.

'천상 아이돌이네.'

제법 관객들과 눈도 마주쳐 가며 선보이는 화려한 퍼포먼스.

관객들의 함성은 한층 거세졌다.

"꺄아아악!"

"차은수! 차은수! 차은수!"

상준은 동료의 희생을 지켜보며 복잡미묘한 표정이 되었다.

비보이댄스도 배운 적 있던 은수기에 실력이야 말할 것도 없었다.

분명 멋있다.

'멋있긴 한데.'

주위를 쓰윽 둘러본 상준은 착잡한 심정이 되었다.

치이익—.

여기선 고기를 굽고 있고.

"예에에! 얼쑤!"

여기선 꽹과리를 치고 있으며.

"은수야, 멋있어!!!!"

"한 바퀴 더! 한 바퀴 더!"

여기선 돌고 있다.

'음, 돌아버리겠군.'

하지만, 진짜는 아직 시작하지도 않았다.

상준은 경건한 표정으로 중앙에 섰다.

"후우."

미친 듯이 날뛰던 무대.

관객들이 정신없이 웃어대던 그 순간.

열기가 잔뜩 올랐던 홍대 거리에 이내 침묵이 감돌았다.

"……"

상준이 108배를 시작했기 때문이었다.

$$* \qquad * \qquad *$$

정적이 내려앉았던 홍대 거리는 이내 다시 웅성거리기 시작했다.

"진짜 하는 거야?"

"…난 이제 놀랍지도 않아."

인파 한가운데에서 놀랄 정도의 침착함을 보이는 상준.

상준은 온화한 미소를 지으며 허공에서 재능을 꺼내었다.

「108배의 수련」.

이딴 재능이 정말 있을지는 몰랐지만.

착잡한 상준의 심정과는 달리 「무대의 포커페이스」는 경건한 표정 그 자체를 보여주고 있었다.

그리고.

"와, 뭐지."

"뭔데 저렇게 열심히 하는 거야?"

팬들은 넋을 놓고 상준을 바라보기 시작했다.

변화를 느낀 것은 상준 역시 마찬가지였다.

'하나도 안 힘든데?'

열정. 타오르는 열정을 하늘로 승화시키는 기분이다.

하면 할수록 몸이 가뿐해지는 기분.

속세에서 벗어나 초월하는 느낌이랄까.

그 느낌은 비단 상준만이 느낀 것이 아니었다.

"뭐, 뭐야."

차에서 줄곧 대기하고 있던 탑보이즈 멤버들은 홀린 듯 관객들 사이로 끼어들었다. 원래대로라면 그들을 알아보고 난리 쳤을 팬들이지만, 지금은 모두 상준에게 시선이 쏠려 있었다.

"헐. 다들 우리 못 봤나 봐."

"아니, 지금 그게 중요한 게 아니라……."

취이익.

열심히 고기를 굽고 있던 경민지가 상준에게 다가왔다.

"드실래요?"

'열 배 할 때마다 한 점씩 주죠.'

'좋네요, 그거.'

대수롭지 않게 내던졌던 그 말을 꿋꿋이 실천하는 경민지였다.

유찬은 흥미로운 눈길로 그런 그녀를 바라보았다.

"먹겠지."

평상시에 고기라면 환장하는 멤버들이다.

저렇게 땀을 뻘뻘 흘리고 있는 상황에서 고기의 유혹을 벗어 날 수 있을 리가 없다고, 유찬은 생각했다.

그런데.

"……."

말없이 고개를 젓는 상준.

다시 108배를 이어가는 상준을, 유찬은 혼란스러운 눈길로 바라보았다.

「108배의 수련」 재능은 상준에게 고생을 덜어주었을 뿐만 아니라 미묘한 분위기를 만들어주었다.

"……."

처음엔 웃어대던 사람들이 상준을 반쯤 넋이 나간 얼굴로 바라보는 이유도 그래서였다.

'보면 뭔가 편안해진달까.'

이 세상의 모든 소유욕을 집어던진 듯한 평온함.

상준의 표정은 마치 그걸 연상하게 했다.

유찬은 당황한 낯빛으로 도영에게 물었다.

"상준이 형, 불교야?"

"…저 형, 무교잖아."

멤버들이 낯선 만형의 모습에 당황하는 사이, 상준의 108배는 서서히 끝을 보이고 있었다.

그렇게 몇십 분이 지났을까.

"와아아아악!"

108배를 마친 상준이 뿌듯한 표정을 고개를 들자 함성 소리가 울려 퍼졌다.

찰칵.

그와 동시에 사방에서 셔터 소리가 울려 퍼졌다.

"SNS 올려봐."

"뭐라고 올려?"

"108배 하는… 연예인?"

팬들은 혼란스러워하면서도 잔뜩 신이 나 있었다. 「흥부외과」의 충격적인 드라마 공약 실천 현장.

출연진들은 평생 묻어버리고 싶은 기억이겠지만, 유감스럽게도 사소한 장면 하나하나조차 관중들의 휴대전화에 담긴 뒤였다.

하지만, 지금 당장은 불길한 미래를 떠올릴 때가 아니었다.

상준은 거친 숨을 내쉬며 하늘을 올려다보았다.

"와."

108배를 할 때의 평온한 기분은 가시고 다시금 현실로 돌아온 기분.

그제야 얼굴이 붉게 달아오르기 시작했다.

'나, 뭘 한 거지.'

"꺄아아아아아!"

"상준아! 상준아!"

사방에서 외치는 자신의 이름에 머쓱한 미소를 지으며 상준은 한 걸음 뒤로 물러섰다.

"아……?"

그런 상준의 눈에 들어온 익숙한 얼굴.

'뭐지.'

인파들 틈에 둘러싸여 잠자코 서 있던 한 여자. 상준과 눈이 마주치자마자, 조심스레 인파 사이를 빠져나가기 시작했다.

"……."

순식간에 벌어진 탓에 제대로 얼굴을 보지는 못했지만.

상준의 직감대로라면 그 사람이었다.

'학인데요. 요즘 이런 거 누가 선물하냐고 그래서……. 제가 준비
해 봤거든요.'

'전해주세요.'

상운의 팬이자, 자신에게 학을 건네주었던 그 여자.

상준은 혼란스러운 얼굴로 작게 중얼거렸다.

"여기에… 왜 온 거지?"

*   *   *

—…진짜 내 눈을 의심했다

ㄴ내가 뭘 본 거지ㅋㅋㅋㅋㅋㅋㅋㅋㅋㅋ

ㄴ아니, 그 와중에 다들 진지함

ㄴ황민철이 꽹과리 치는 거 봄???

ㄴ중간에 울던데

ㄴ거짓말하지 마라 ㅋㅋㅋㅋㅋ

ㄴ아니, 진짜라니까 3분 44초 한번 보삼

ㄴ??? 그런가???

—이건 무슨 끔찍한 혼종입니까

ㄴ마지막 108배는 진짜 예상도 못 했다ㅋㅋㅋㅋㅋㅋ

ㄴ난 공약 알고 갔는데도 충격이었다

ㄴ저거 보고 옴??? 어땠어?

ㅡ아니, 사람들은 왜 다 저런 표정인 건데ㅋㅋㅋㅋㅋㅋ 왜 단체로 진지해?

ㄴ니가 거기 안 가봐서 그럼

ㄴㅇㅇ진짜 경건해졌음 마음이

ㄴ단체로 미쳤나 봐 ㅋㅋㅋㅋ

「흉부외과」의 드라마 공약 실천 현장은 SNS를 타고 빠르게 퍼져 나갔다. 그리고 그 화제의 중심에 선 상준은······.

"···말 걸지 마."

"와, 나 이거 사진 찍어놨잖아."

동생들에게 고통받고 있었다.

유찬은 제법 진지한 얼굴로 댓글을 읽어나갔다.

"근데 이게 맞긴 했어. 이유는 모르겠는데, 진짜 감동적이었다니깐."

"뭐 감동이야."

도영은 깔깔거리며 유찬에게 타박을 던졌다. 어딘가 알 수 없는 경건함을 느꼈다는 사람들은 꽤 있었지만, 실제 그 현장에 자리하지 않았던 사람들은 헛소리라며 치부해 버렸다.

"맞아. 내 존재 자체가 좀 감동이긴 하지."

"···내가 무슨 끔찍한 소리를 들은 거지."

아마 재능의 효과였을 터였다. 뻔뻔한 소리를 내뱉는 상준에 유찬이 인상을 찌푸리며 고개를 돌렸다. 유찬의 격한 반응에도 상준은 피식 웃으며 작게 되뇌었다.

"신기하네."

그렇다고 다시 쓰고 싶은 재능은 아니었다. 상준은 과감하게 「108배의 수련」 재능을 반납해 버리고는 한숨을 내쉬었다.

그때, 도영이 호들갑을 떨며 상준을 불렀다.

"상준이 형, 이거 한번 봐봐."

"아, 치워, 치워."

"아니, 형 사진 아니라니깐."

홍대 한복판에서 당당하게 108배를 한 건 인생 최대의 흑역 사였다.

그 흑역사를 줄곧 물고 늘어지던 도영이었기에, 이번에도 그럴 줄 알았건만.

"와, 이건 진짜 대박이다."

다행스럽게도, 도영의 타깃은 다른 쪽으로 향해 있었다.

"이야, 이거 형한테 보내야지."

"…은수도 불쌍하다."

비보이댄스를 근사하게 선보이는 은수의 움짤을 찾아 본인에게 전송하는 도영이다.

"반응 궁금하다."

곧바로 날아오는 문자.

[ㄴ]

올곧은 은수의 감정을 드러낸 한 글자에 도영은 숙소가 떠나가라 웃어댔다. 유찬은 그 옆에서 혀를 차며 도영을 돌아보고 있었다.

"은수 형, 진짜 불쌍하다."

"나만 죽을 수 없지."

은수를 편들어줄 줄 알았던 상준마저 속마음을 내뱉었다.

유찬은 경악하며 툭 말을 던졌다.

"아니, 그때의 그 인자함 어디 갔어."

"그건 없던 일로."

108배를 할 때의 평온함 따위 이미 내던져 버린 지 오래이다.

상준은 한숨을 내쉬며 소파에 등을 기댔다.

평온함은 둘째 치고, 아까부터 계속해서 상준의 머릿속을 헤집어두는 건 그녀의 얼굴이었다.

'왜 왔을까.'

팬 미팅에서 봤을 당시와는 다르게 한결 가벼워 보이는 표정이긴 했으나.

상준은 왠지 그 팬이 신경 쓰였다. 세상에 잊혀가고 있는 상운을 기억해 주는 몇 안 되는 사람이기 때문일까.

"으음."

상준은 복잡한 생각을 안고서 허공을 응시했다. 그런 상준의 상념을 깨운 건 유찬의 한마디였다.

"야, 넌 뭐 하냐."

깔깔대며 형들과 같이 상준을 놀려댈 제현이, 오늘은 웬일로 가만히 있어서였다. 게다가 믿기지 않는 물건까지 손에 쥔 채.

"공부."

"에에에……?"

신나게 은수와 욕을 주고받던 도영도 놀란 눈으로 고개를 돌렸다.

유찬은 기겁하며 말을 던졌다.

"네가 공부도 하냐? 어디 아파?"

"형처럼 안 되려면 공부해야지."

"……."

"아악!"

괜히 말을 덧붙였다가 얻어맞는 제현이다. 유찬은 혀를 차며 말을 이었다.

"아니, 갑자기 왜 하는 거야."

"숙제란 말야."

공부와 17년간 담쌓아온 제현이 교과서를 펼친 이유는 하나였다.

"우리 조 애들이 이거 다 풀어 오면 사탕 사준대."

"음. 사탕에 영혼을 팔았구나."

"어엉."

학교 선생님이 조별로 숙제를 내줬는데, 공부와 담을 쌓은 제현에게 강제로 숙제를 시킨 모양이었다.

문제는.

"…모르겠어."

제현은 혼란스러운 눈빛으로 책을 내려다보았다.

"수학인가?"

막내가 끙끙대고 있으니 형들의 관심이 쏠렸다. 제현은 고개를 끄덕이며 천천히 입을 열었다.

"근데 이거 인쇄가 잘못된 거 같아."

"인쇄가?"

"수학인데 영어가 나와. 에프… 엑스?"

음.

도영은 심각한 얼굴로 고개를 돌렸다.

"아, 낮에 뭘 잘못 먹었나. 편두통이 심하네."

"야… 야?"

자연스럽게 도영이 방으로 들어가 버리자, 나머지 멤버들만 남았다.

제현을 가장 챙겨주는 선우가 어쩔 수 없이 책을 받아 들었다.

"형이 알려줄게."

"오오."

"음. 이건 글자고, 이건 숫자야."

"…그럴 거면 때려치워라."

유찬의 타박에 선우는 시무룩한 얼굴로 받아쳤다.

"야, 그럼 네가 해봐."

"오케이. 아니, 고등학교 1학년 걸 왜 못 해. 자, 한번 보자."

막내의 막대 사탕을 지켜주기 위한 노력. 유찬은 허세와 함께 교과서를 받아 들었다.

"음……."

자신만만하게 내뱉었던 처음과는 달리, 유찬의 표정이 급격히 굳어갔다.

그렇게 몇 분이 지났을까.

유찬은 세상의 진리를 깨달은 듯한 얼굴로 나직이 말했다.

"후, 너네는 이런 거 피지 마라."

"엉?"

"책 피니까 머리 아프네."

"……."

말 한마디를 던지고는 빠르게 도망가 버리는 유찬이다.

상준은 혀를 차며 그런 유찬의 뒷모습을 바라보았다.

"에휴, 됐다."

"형은 풀 수 있어?"

상준은 자신감 넘치는 얼굴로 휴대전화를 들었다.

당당한 한마디가 상준의 입에서 튀어나왔다.

"형은 푸는 게 아니라……."

"으응?"

"찾았지."

초록창 상단에 떠 있는 파일을 보여주며 상준은 씨익 미소를 지었다.

그 짧은 사이에 답지를 찾아 온 상준.

도영의 입에서 감격에 찬 한마디가 튀어나왔다.

"천… 천재야!"

몇 년 사이에 천재의 정의가 바뀌기라도 한 걸까.

선우가 머리를 긁적이며 고민하고 있을 때였다.

똑똑똑.

"어, 매니저님인가?"

숙소의 문을 열고선 송준희 매니저가 들어왔다. 제현의 수학 공격을 피해 방으로 대피해 있었던 도영도 문 밖으로 빼꼼 얼굴을 내밀었다.

"어, 잘들 쉬고 있었어?"

송준희 매니저는 나무 상자를 들고선 가볍게 인사를 건넸다. 도영은 엄청난 텐션으로 격하게 그의 말을 받았다.

"그럼요. 재밌는 영상 보면서 흐뭇하게 쉬고 있었습니다!"

"상준이 영상?"

"앤드 은수 형이요."

송준희 매니저는 못 말린다는 듯 웃으며 나무 상자를 내려놓았다.

쿵.

둔탁한 소리와 함께 바닥에 놓인 상자. 제현이 호기심 가득한 눈으로 상자에 다가섰다.

"이게 뭐예요?"

"편지들."

탑보이즈의 팬들이 JS 엔터에 보낸 각종 팬레터. 한눈에 봐도 엄청난 양이 가득 쌓여 있었다. 도영은 두 눈을 반짝이며 펄쩍 뛰어올랐다.

"와, 대박! 대박! 저희 거예요?"

"읽어봐, 다들."

"감사합니다!"

"와아아악!'

송준희 매니저의 한마디에 뜨겁게 달아오르는 숙소. 저마다 자신의 이름을 찾겠다며 상자를 뒤적일 때였다.

"어?"

신이 난 멤버들을 가만히 지켜보고 있던 상준의 눈에 한 편지가 닿았다.

"……."

편지 봉투에 적힌 한마디를 확인한 상준은, 홀린 듯 그 편지를 향해 손을 뻗었다.

"이 편지는……."

'전해주세요.'

그녀에게서 편지가 와 있었다.

＊　　　＊　　　＊

상준은 떨리는 손으로 편지 봉투를 움켜쥐었다.

분홍색 편지 봉투 안에 들어 있는 얇은 편지.

상준은 천천히 새하얀 편지지를 따라 그녀의 진심을 읽어나갔다.

「얼마 전에 무대를 봤어요.」

담담한 말투로 시작하는 그녀의 편지.

진심을 다해 꾹꾹 눌러쓴 글씨가 상준의 눈에 들어왔다.

"뭐야?"

급격히 어두워지는 상준의 표정에 도영이 걱정스러운 눈길로 물었다.

상준은 대답 대신 슬픈 미소를 지으며 고개를 저었다.

마지막으로 상준이 기억하는 그녀의 얼굴은 참으로 고통스러웠다.

'잊지 못했으니까.'

오히려 상준보다도 그때의 그 시간에 갇혀 있었을지도 모른다.

우울감이 드리워 있었던 그녀의 표정을 회상하며 상준은 그렇게 생각했다.

힘들다, 못 견디겠다.

그런 고통스러운 말들로 점철되어 있을 줄 알았던 그녀의 편지.

하지만, 그녀의 편지는 사뭇 다른 내용을 담고 있었다.

「학은 잘 갔으려나 모르겠어요. 아마 좋아했겠죠?」

좋아했다. 좋아했을 것이다.

상준이 아는 상운은 그런 아이였으니까.

상준은 고개를 끄덕이며 마른침을 삼켰다.

「팬 미팅이 끝나고 나서, 전 잘 지내고 있어요. 생각보다 너무 잘 지내고 있어요. 처음에는 그냥 마냥 힘들 줄 알았는데……. 그래도 이젠 알게 되었어요. 저도 남들처럼 잘 지낼 수 있다는 걸.」

상준의 머릿속에 은수가 떠올랐다.

너무 오래도록 힘들어했기에 속으로 병들어갔던 그였다.

그렇기에, 상준은 그녀의 결정을 응원해 주고 싶었다.

「그날, 그 무대에서. 전 상운이를 본 거 같아요.」

처음 상준의 팬 미팅에 왔을 때, 상운을 떠올리며 눈물을 쏟아냈던 그녀였다. 상준을 통해서라도 상운을 한 번 더 보고 싶다는 미련에, 그날도 결국 무대를 찾고야 말았다.

　그런데.

「전 늘 그렇게 상운이를 찾으려 한 거 같아요. 모아둔 사진 속에서, 남아 있는 영상 속에서. 그리고, 오빠를 보면서요.」

　이해가 갔다.
　상준은 붉어진 눈시울로 고개를 끄덕였다.
　'나라도 그랬을 테니까.'
　차라리 그렇게라도 조금이나마 짐을 덜어내 줄 수 있다면.
　언제든 밝은 모습으로 무대에 오를 자신이 있었다.

「그런데…… 이제는 그만 찾으려 해요.」

　심적으로 지쳐왔을 그녀다.
　수없이 고민한 흔적이 편지에 고스란히 담겨 있었다.

「기다리려고요.」

　더 이상 찾는 대신 기다리기로.
　그렇게 기다리며 괜찮은 척 살아가기로.
　결심한 그녀였다.

상준은 흐릿한 미소를 지으며 편지지를 손으로 쓸었다.

그녀가 이 편지를 상준에게 보낸 이유는 하나였다.

끝없이 붙들려 했지만 놓을 수밖에 없었던 무력감.

1년 반 전으로 시간이 멈춰 버린 상운과는 달리 앞으로 나아가야 한다는 죄책감.

그걸 온전히 이해해 줄 사람이니까.

그러니까.

「같이 기다려요.」

편지지의 마지막 구절을 읽으며, 상준은 힘겹게 말을 뱉었다.

"그래요."

희미한 미소가 상준의 입가에 감돌았다.

*   *   *

"아아아악! 살려주세요! 살려줘요!"

"뭔데, 뭔데?"

"아, 잠만. 이건 아니지."

어김없이 난장판이 된 탑보이즈의 연습실.

단체로 흥분한 채 괴성을 쏟아내는 이유는 하나였다.

"벌… 벌레!"

수록곡 연습을 위해 아침 일찍부터 연습실에 나와 있던 탑보이즈다.

그런 그들에게 달갑지 않은 손님이 찾아왔다.

"저, 저게 뭐지?"

상준은 경계심 가득한 눈빛으로 멀리 있는 벌레를 살폈다.

초록색 몸뚱아리에 파닥거리는 날갯짓.

먼 거리 탓에 긴가민가하던 상준은 이내 벌레의 정체를 알아챘다.

"메뚜기… 아냐?"

"메뚜기? 내가 아는 그 메뚜기?"

도영은 울상이 된 얼굴로 머리를 감싸쥐었다.

"도심 한복판에 메뚜기가 왜 나오냐고!"

"형, 나 메뚜기 처음 봐."

제현은 호기심 가득한 눈길로 메뚜기를 향해 다가갔다.

선우는 기겁하며 그런 제현을 말렸다.

"저, 저……! 쟤는 겁도 없어!"

"메뚜기에 겁먹는 네가 더 이상한데."

상준은 어이없다는 듯 선우를 돌아보았다.

창백하게 질린 선우와는 달리 거침없이 메뚜기를 향해 돌진하던 막내.

그 순간, 연습실 바닥에서 여유를 즐기고 있던 메뚜기가 날아올랐다.

파다다닥.

"아아아악!"

호기심 가득한 눈빛으로 어디로 가고, 막대 사탕을 떨구고 달아나는 제현.

상준은 황당한 눈길로 제현을 바라보았다.

그러거나 말거나, 제현은 가슴을 부여잡으며 오두방정을 떨었다.

"쟤… 쟤가 날 공격했어."

"걔가 널 보고 놀라지 않았을까."

"코앞까지 날아왔단 말야. 분명 쟤가 나를 죽이려 했어."

가만히 있다가 살인미수 혐의를 받은 메뚜기는 정신없이 바닥에서 파닥거리고 있었다.

상준은 한숨을 내쉬며 멤버들을 돌아보았다.

"연습하려면 잡긴 해야 하는데."

"…연습실을 옮길까?"

선우가 현실적인 제안을 내밀었다.

유찬은 인상을 찌푸리며 단칼에 반대했다.

"야, 그건 너무 멋이 없잖아. 메뚜기 때문에 도망가는 아이돌은… 좀 그렇지 않냐."

"형, 공포영화에서 보면 꼭 그런 사람이 젤 먼저 죽더라."

"크흠."

제현의 팩트 폭력에 유찬은 헛기침을 했다.

가만있던 도영도 유찬에게 타박을 던졌다.

"그러면 네가 가서 잡든지."

"……"

은근슬쩍 시선을 피하는 유찬이다.

메뚜기가 나타나자마자 연습실을 한 세 바퀴 정도 뛰어다녔던 도영도, 그나마 믿었던 막내도. 다들 메뚜기를 잡을 생각이라고는 눈곱만치도 없어 보였다.

"에휴."

그렇다면 나설 사람이 자신밖에 없다.

상준은 혀를 차며 옷소매를 올렸다.

"형, 형! 잡으려고?"

"그러엄."

제현은 두 눈을 동그랗게 뜬 채 조언하기 시작했다.

메뚜기 유경험자의 조언이라며 헛소리를 늘어놓은 제현.

"가, 가까이 다가가면 걔가 막 뛰어! 막 공격해!"

"아니, 쟤가 어떻게 공격을 하냐고."

"아, 한다니깐!"

유찬의 타박에 가까이 가보지 않았으면 말도 하지 말라며 받아치는 제현이다. 제현은 상기된 얼굴로 말을 이었다.

"내가 계산해 봤는데! 형, 그거 한 번에 기절시켜야 해!"

"……"

"목을 탁 쳐서!"

"야, 메뚜기도 목이 있어?"

도움 따위 되지 않는 동생들이다.

상준은 해탈한 얼굴로 바닥에 떨어져 있던 악보 파일을 집어들었다.

제 운명을 알지 못한 채 바닥에서 펄떡이는 메뚜기.

그 메뚜기를 향해 상준이 악보 파일을 조준할 때였다.

"안 돼!"

제현이 다급한 목소리로 튀어나왔다.

"엉?"

상준은 황당한 눈길로 제현을 바라보았다.

"죽… 이지 마. 메뚜기."

뭘까. 이 미련이 뚝뚝 떨어지는 눈빛은.

그새 메뚜기에 정이 들기라도 한 건지, 제현은 애절한 눈빛으로 상준의 팔을 붙들었다.

"아까는 기절시키라며."

"기절만 시키고, 살리면 되지 않을까?"

"뭔 말 같지도 않은 소릴."

상준은 한숨을 내쉬며 악보 파일을 집어 들었다.

파닥파닥.

해맑게 연습실 바닥을 뛰놀고 있는 녀석을 보니, 마음이 바뀌었다.

상준은 제현을 돌아보며 나직이 말을 뱉었다.

"못 죽이겠다."

"그치? 봐봐, 생명을 사랑해야 해……."

"너 닮았다."

동글동글한 눈으로 자신을 올려다보는 메뚜기.

메뚜기와 제현을 번갈아 바라보던 상준은 다시금 확인 사살을 했다.

"음, 닮았네."

"……."

졸지에 메뚜기 상이 된 제현은 가만히 서서 부들거리고 있었다.

상준은 씨익 미소를 지으며 제현을 닮은 메뚜기를 손으로 집어 들었다.

허공에 붙들린 채 발버둥 치는 메뚜기.

상준은 메뚜기를 손으로 가리키며 제현을 향해 말을 던졌다.

"야, 발버둥 치는 것도 너 닮았다."

"…욕이지."

제현이 화가 나 있든 말든.

상준은 담담하게 메뚜기를 창밖에 보내주었다.

폴짝.

수풀로 뛰어가는 메뚜기의 뒷모습을 바라보며.

상준은 해맑게 손을 흔들었다.

"잘 가, 제현아!"

"……."

"크흠."

그리고.

상준의 예상대로 제현의 얼굴은 차갑게 식어 있었다.

유찬은 제현의 눈치를 살피며 작게 중얼거렸다.

"이제현, 삐진 것 같은데."

한눈에 봐도 뾰로통하게 튀어나온 입술이다. 유찬은 어서 달래줘야 하는 거 아니냐며 상준에게 눈길을 보냈다.

"으음."

상준은 미소를 지으며 제현의 뒤로 다가섰다.

제현의 어깨를 토닥이며 위로를 건네는 상준.

"에이, 괜찮아."

"안 닮았지?"

이제라도 말을 바꾸라는 듯한 제현의 간절한 되물음.

그런 간절함을 알아채지 못한 걸까.

상준은 온화하게 웃으며 말을 뱉었다.

"네가 조금… 아주 조금 더 잘생겼어."

망할.

제현의 진심 어린 한마디가 연습실 내로 울려 퍼졌다.

＊　　　　＊　　　　＊

"어우, 떨린다. 떨려."

메뚜기 소동까지 더해가며 힘들게 진행했던 연습.

오늘은 그 연습이 빛을 볼 날이었다.

"다들 안무 완벽히 숙지했지?"

"네, 그렇습니다!"

안무 트레이너 선생님의 한마디에 탑보이즈 멤버들은 단체로 고개를 끄덕였다.

"표정도 잘 살려서 하고."

"알겠습니다."

"감 잡은 거 같아요!"

「DREAM THE TOP」앨범의 수록곡 '그 위에서'는 하우스 팝 장르의 곡으로, 탑 위에서 마주하게 되는 광경을 담은 노래였다.

타이틀곡 에펠이 몽환적인 청량함을 담은 곡이라면, 이 노래는 빠른 하우스 리듬을 바탕으로 임팩트 있는 멜로디를 담아냈다.

그 때문일까, 타이틀곡 못지않게 팬들 사이에서 인기를 끌어 낸 곡이다.

"후우."

1위를 찍었던 에펠의 뒤를 열심히 치고 올라가 수록곡답지 않게 무려 5위까지 올랐던 의미 있는 노래. 그만큼, 탑보이즈의 열정은 불타올랐다.

"잘해보자!"

선우의 우렁찬 목소리에 모두들 공감하며 고개를 끄덕였다.

"이 부분 자꾸 꼬이던데."

모이기만 하면 고삐 풀린 망아지처럼 날뛰는 멤버들이긴 했지만, 이 순간만큼은 누구보다 진지했다.

자꾸만 꼬이는 동선을 체크하며 도영은 가볍게 안무를 되짚었다. 자칫하면 충돌할 수 있는 동선도 동선이지만, 문제는 따로 있었다.

"간격 맞추기가 빡세더라고."

"그러니까."

칼군무에는 절도 있는 춤동작도 중요하지만, 그 못지않게 중요한 게 있었다. 자로 잰 듯한 간격. 동선의 충돌이 있어서도, 간격이 틀어져서도 안 된다.

유찬은 걱정스러운 눈길로 두 팔과 다리의 감각을 익혔다.

"사전녹화 다음 차례로 들어갈게요!"

스태프 중 한 명이 외치는 소리에 멤버들은 곧바로 자리에서 일어섰다. 자신들을 부르는 줄 알았던 멤버들은 금세 김이 빠졌다.

"아, 우리 전에 딴 팀 있대."

"와, 우리 부르는 줄 알았네."

타이틀곡 무대도 이미 마친 뒤지만, 모든 곡의 첫 무대는 긴장되게 마련이었다. 도영과 유찬은 너털웃음을 터뜨리며 다시 자리에 앉았다.

긴장 속에서 진행되는 사전녹화. 상준이라고 다를 리가 없었다.

"으음."

상준은 애써 태연한 얼굴로 물병을 들었다.

긴장 탓에 붉어지려는 얼굴을 식히려 물 한 모금을 삼킬 때였다.

상준의 귓가에 왜인지 익숙한 그룹명이 들려왔다.

"오르비스 들어갈게요."

명랑한 스태프의 한마디와 함께 사전녹화장에 들어서는 한 보이 그룹.

대수롭지 않게 시선을 돌리던 상준은 그대로 얼어붙었다.

"어……?"

달갑지 않은 얼굴이 그곳에 있었기 때문이었다.

제2장

과거에 얽매이지 않기

'아니, 요즘은 개나 소나 아이돌을 한대.'

상준과 함께 B팀에 있었던 연습생, 이해강.
YH 엔터의 가장 유력한 데뷔조로 지목되고 있던 녀석이었기에, 늘 자신감이 하늘을 찔렀다. 그 탓에 늘 만만한 상준에게 화살이 돌아왔고.

'재능이 없으면 알아서 때려치워야지. 버티고 있으면, 누가 자리라도 준대?'

최 실장 못지않게 자신을 압박했던 재수 없는 얼굴.
평생 만날 일 없을 거라고 믿었는데.

"……."

이렇게 만나고 말았다.

상준은 건조한 눈길로 해강을 응시했다.

'데뷔하긴 했구나.'

YH엔터에서 새 보이 그룹이 데뷔했다는 사실은 듣긴 했었다.

'오르비스.'

어디선가 듣긴 했던 이름이었는데, 이들일 줄은 몰랐다.

논란이 된 서재진을 제외한 YH 엔터의 익숙한 얼굴들이 제법 보였다.

상준이 오르비스 멤버들을 쓰윽 살피는 동안, 도영이 상준의 옆구리를 찌르며 물었다.

"뭐야?"

방송국에선 누구든 마주치면 반사적으로 인사를 나누게 된다.

데뷔한 지 서너 개월 된 탑보이즈에겐 대부분이 방송국 선배 들이었으니.

하지만, 눈앞의 그룹은 달랐다.

'어, 쟤네는…….'

데뷔한 지 두 달밖에 되지 않은 신인.

오르비스를 확인한 도영은 이상함을 감지했다.

인사는커녕 상준을 향해 살벌한 눈길을 쏘아대고 있었기 때 문이었다.

"아."

그들의 소속사가 YH 엔터임을 떠올린 도영은 탄식을 내뱉었다.

싸늘하게 감싸 도는 분위기.

그 냉기 어린 정적을 깬 건 오르비스의 한 멤버였다.

"안녕하세요."

"……."

건성으로 건네는 인사.

그 와중에도 해강은 꼿꼿이 선 허리로 상준을 무시하고 있었다.

"…재밌네."

상준의 한마디에 해강이 인상을 찌푸렸다.

하지만, 뭐라고 대거리를 하기도 전에 스태프의 목소리가 울려 퍼졌다.

"오르비스 사전녹화 들어가겠습니다!"

후우.

짧게 한숨을 내뱉은 해강은 신경질을 내며 무대 위로 올라갔다.

잠시 상준의 눈치를 살피던 유찬이 조심스레 물어왔다.

"사이 안… 좋지?"

"쟤는 나를 별로 안 좋아할걸."

"으음."

저리 공격적으로 나오는 태도를 이해하지 못하는 건 아니었다.

노래부터 랩, 작곡까지.

나름 무난한 실력을 갖췄음에도 비주얼 때문에 늘 데뷔 후보에서 밀려나던 그였으니. 자격지심 탓인지 해강은 줄곧 상준에게 시비를 걸었다.

'한번 똑바로 봐라.'

YH 엔터를 처음 들어왔을 때만 해도 최 실장의 관심은 완전히 상준에게 쏠려 있었다. 아이돌 상이라며 연신 해강의 앞에서 상준을 극찬해 왔던 그였기에. 해강은 자신의 실력으로 상준을 누르려 했다.

'내가 실력은 한 수 위지.'

두두둥.

오르비스의 타이틀곡 'POWER'의 강렬한 리듬과 함께 거친 안무가 시작되었다. 연습 때처럼 완벽한 무대를 선보여야겠다는 계획과는 달리, 지나친 욕심 탓일까. 해강은 갑자기 실수를 하기 시작했다.

"야, 이해강, 똑바로 안 해?"

안무 트레이너의 날 선 비판을 들으며, 해강은 무대 아래를 내려다보았다.

"……."

자신이 실수를 하든 말든 신경도 쓰지 않는 듯한 상준의 얼굴.

태연한 상준을 본 순간, 해강의 마음속에선 다시 불이 타올랐다.

＊　　　　＊　　　　＊

"탑보이즈 사전녹화 들어가겠습니다!"

오르비스의 차례가 끝나고, 상준은 담담한 표정으로 무대 위에 올라섰다.

반짝거리는 신시사이저 사운드와 함께 시작하는 경쾌한 무대.

카메라 불빛이 켜짐과 동시에 상준은 웃으며 자세를 취했다.

Silent world

이곳은 빛이 나는 무대

타이틀곡 「EFFIEL」에서 마침내 탑에 오른 그들.
「그 위에서」는 타이틀곡의 스토리와 이어지는 노래였다.
높은 탑 위를 손으로 그리듯, 상준의 섬세한 손동작이 이어졌다.

여기서 들은 걸까
나를 깨우던 모닝콜
여기서 부른 걸까
너는 날 기다렸던 거니

도영과 상준은 무대 위를 교차하듯 걸어갔다.
점차 빨라지는 멜로디.
하우스풍 베이스에 맞춰, 절도 있는 안무가 반복되었다.
타이틀곡 「EIFFEL」보다 훨씬 난이도 있는 안무.
상준은 유찬을 뛰어넘으며 자연스럽게 무대 중앙으로 미끄러졌다.
"오."
군더더기 없는 깔끔한 동선.
가만히 지켜보고 있던 스태프들 사이에서 탄성이 튀어나왔다.
선우는 자신감 넘치는 표정으로 랩을 시작했다.
감성적인 선우의 랩을 받은 건 유찬.
'다들 오늘 대박인데.'
연습 때 보여준 역량의 배를 보여주고 있는 탑보이즈다.
상준은 웃으며 다음 파트를 이어받았다.

그 위에서 나는 본 거야

Dream the top

날 위한 무대를

밝은 노래와는 달리 격하게 이어지던 안무.

그조차도 수월하게 보여주고 있던 탑보이즈였다.

그 순간이었다.

'어?'

상준의 뒷주머니에서 빠져 버린 마이크.

빠져서 달랑거리는 마이크를 확인한 스탭들의 얼굴이 당황함으로 물들었다.

"어, 다시 들어가야겠는데?"

마이크가 빠진 채로 무대를 이어갈 수는 없기에 대형 사고다.

근사하게 나왔던 무대.

그 무대를 다시 찍어야 한다는 사실에, 스태프들이 아쉬움 가득한 탄식을 내뱉던 사이.

"뭐야……?"

상준이 당황하지 않은 기색으로 다음 안무를 이어나갔다.

오른쪽 팔을 뻗으며 자리에 앉는 틈에, 물 흐르듯 자연스럽게 마이크를 뒷주머니에 넣는 상준.

"와."

신인들은 보통 마이크 실수에 대처하지 못하는 편이다.

당황해서 허둥지둥대는 것이 일반적인데.

카메라에 잡히지도 않은 선에서 스스로 방송 사고를 처리해

버린다.

"말이 돼……?"

스태프들이 경악한 눈길로 자신을 바라보는 것도 모른 채, 상준은 생글거리며 노래를 이어갔다.

그 위에서
나를 바라봐 줘

마지막까지 깔끔하게 마무리된 무대.

"와아아아!"

송준희 매니저는 흐뭇한 미소를 지으며 내려오는 탑보이즈 멤버들을 바라보았다. 상준은 그제야 식은땀을 흘리며 마이크를 내려놓았다.

"와, 이게 갑자기 빠져 가지고."

"잘하더라."

송준희 매니저는 상준의 어깨를 토닥이며 말을 던졌다.

자칫 잘못 대처했으면 무대 대열이 곧바로 어그러졌을지도 모르는 일이었다. 상준은 뿌듯한 미소를 지으며 모니터를 확인했다.

"이대로 가면 될 거 같은데요?"

마이크가 중간에 빠진 파트도 카메라에 거의 비치질 않았다.

대형 사고 뒤에 이어진 상준의 파트에서도 너무나 자연스러운 안무가 나왔고. 그럼에도 상준은 예리한 눈길로 무대를 훑었다.

"여기서 걱정했는데, 생각보다 그림 잘 나왔네?"

노래 중반부에 상준이 유찬을 뛰어넘는 파트.

연습실에서 이 파트를 연습할 때에 난리도 아니었다.

'아아아악!'
'야, 조용히 좀 해!'
'차도영, 네가 해보든가!'

상준이 유찬의 다리를 가볍게 밟고 넘어가는 파트인데.
말이 가볍게지, 뒤에서부터 뛰어오는데 가벼울 리가 없었다.

'저 형, 도움닫기 한다니까?'
'저거 저거, 엄유찬이 또 엄살 부리네.'

도영은 그걸 유찬의 엄살로 치부해 버렸지만, 유찬은 퍽 억울
한 표정이었다. 하필 가장 고난도 파트를 맡아버린 유찬이다.
"아, 여기네."
해당 장면을 확인한 도영이 깔깔대며 모니터 화면을 손으로
가리켰다.
카메라를 정면으로 응시하는 유찬.
분명 생글거리고 있는데 묘하게 일그러진 표정이다.
"와, 프로다. 프로."
상준이 감탄하며 내뱉는 말에 유찬이 그를 흘겨보았다.
유찬은 한숨을 내쉬며 상준에게 말을 던졌다.
"내가 봤을 땐, 저 형, 오늘 신나서 힘을 실었어."
"와, 각 잡고 날아올랐네."

고통받는 유찬과는 달리 높이 뛰어오른 상준.

옆에서 지켜보고 있던 트레이너 쌤은 상준을 칭찬했다.

"아, 여기서 잘 뛰었네."

"아니, 선생님. 저는요, 저는……?"

다급한 유찬의 목소리가 이어지긴 했지만.

결과적으로 그림은 잘 나왔다.

새하얀 무대 배경과도 잘 어울리는 멤버들의 깔끔한 의상.

"후, 덥다."

제현은 손 선풍기 바람을 쐬며 진지하게 모니터링을 이어갔다.

옆에 앉아 있던 유찬은 여전히 투덜대고 있었고.

"으음."

젤리 한 봉지를 꺼내 와 오물거리는 상준을 보고선, 유찬이 단호하게 앞을 가로막았다.

"안 돼."

"야, 뭐가 안 돼."

"형은 살 좀 빼자. 아까 보니까 너무 무겁더라."

"갑자기?"

이젠 급기야 상준의 체중을 감량시켜 버리겠다는 꼼수를 쓰는 유찬이다.

잠시 저항하던 상준은 결국 손에 쥔 젤리 봉지를 뺏겨 버렸다.

"아악, 내놔!"

"에휴, 냅 둬라. 개도 먹을 땐 안 건드리잖니."

송준희 매니저는 또 난리라며 간신히 유찬을 진정시켰다.

막대 사탕을 오물거리며 형들의 싸움을 흥미롭게 보고 있던 제현이 말했다.

"상준이 형이 개는 아니잖아요."

"조용히 해, 메뚜기."

괜히 말을 얹었다가 정신적으로 얻어맞은 제현.

"뭐… 뭐?"

제현은 충격에 빠진 얼굴로 막대 사탕을 떨어뜨렸다.

*　　　　*　　　　*

"근데 제현이가 솔직히 메뚜기는 안 닮긴 했어."

"그럼 뭔데?"

"으음, 쥐새……. 아니, 미키마우스?"

유찬은 다급히 언어를 순화시키며 제현의 눈치를 살폈다.

유감스럽게도 제현의 심기는 전혀 좋아 보이지 않았다.

상준은 능청스럽게 말을 뱉었다.

"결국 인간이 되는 데는 실패했네."

"…혼자 있을 거야."

"야, 제현아!"

먼저 발걸음을 재촉하는 제현이다.

유찬은 어깨를 으쓱이며 작게 중얼거렸다.

"그래도 난 포유류는 시켜줬다."

"네가 더 나쁘니까, 조용히 해."

"크흠."

사전녹화를 마치고 빠르게 대기실로 복귀하는 멤버들.

"막대 사탕이나 사줘야겠다."

상준이 제현을 달랠 생각을 하는 사이, 어느덧 대기실 앞에 다다랐다.

상준은 아무 생각 없이 대기실 문을 열어젖혔다.

그런데.

"아?"

누군가를 발견했는지 살짝 얼굴이 굳은 제현.

그리고 그의 앞에 영 달갑지 않은 얼굴이 서 있었다.

"하."

이해강.

퍽도 당당하게 탑보이즈 대기실에서 기다리고 있었던 이유를 이해할 수는 없었지만. 아까의 냉기를 기억하는 멤버들의 몸도 따라 굳었다.

껄끄러운 사이다. 고로, 감정을 낭비하고 싶지도 않고.

그냥 넘어가고 싶었던 일에 기름을 부은 것은 해강이었다.

상준은 싸늘한 목소리로 말을 뱉었다.

"뭐야?"

"오랜만이네."

해강은 피식 웃으며 상준에게 다가왔다.

상준은 불쾌하다는 듯 그의 말을 받아쳤다.

"우리가 안부 인사를 나눌 사이는 아닐 텐데."

"춤 잘 추더라."

다짜고짜 칭찬을 하러 온 건 아닐 테고.

상준은 고개를 든 채 녀석의 말을 기다렸다.

"왜 잘 추는데?"

상준은 황당하다는 듯 웃음을 터뜨렸다.

태연한 상준의 웃음에 더 약이 오른 모양인지 해강은 입술을 깨물었다.

"나 농담하는 거 아닌데."

"아, 미안. 올해 들은 소리 중에 가장 재밌어서."

"……"

다짜고짜 왜 잘 추냐니.

해강의 의도를 이해한 상준은 그 말을 알아들었지만 다른 사람들은 아니리라는 게 분명했다.

실제로도, 제현은 벙쪄 있었다.

'뭔 헛소리지.'

마치 자신이 메뚜기 상이라는 것만큼이나 헛소리였다.

더욱이 의미 없는 시비로 보였고.

상준은 여유로운 미소를 지으며 입을 열었다.

"연습했어."

"지금 그걸 말이라고."

"말이 안 되는 이유가 뭐가 있는데."

죽어라 연습해서 1만 시간을 채웠다.

속에 있는 말을 꺼내놓을 수는 없지만, 사실이 그랬다.

해강이 제 실력을 믿고 상준을 무시할 때, 상준은 줄곧 연습해 왔다.

"야, 네가 무슨 연습을……."

그때였다.

"어?"

대기실 문을 박차고 아린이 들어왔다.

난데없이 등장한 아린에 해강은 한 걸음 뒤로 물러섰다.

최근 신예로 떠오르고 있는 아린이다.

그것도 정식 데뷔 두 달도 안 되어서.

"크흠."

해강은 갑자기 아린을 의식하며 표정을 바꾸었다.

'뭐야.'

그런 해강을 보며, 상준은 황당함에 조소를 흘렸다.

쌩 무명이었다면 모르겠지만, 지금의 아린에게는 잘 보여서 나쁠 게 없다는 걸까. 이중적인 해강의 모습에 상준이 속으로 감탄을 터뜨리던 순간, 해강이 아린에게 말을 걸었다.

"안녕하세요, 저는 오르비스의……."

그런 해강의 한마디가 채 끝나기도 전에.

아린은 휙 돌아서며 상준을 향해 말을 뱉었다.

"…누구예요?"

＊　　　　＊　　　　＊

탑보이즈보다 두 달 늦게 데뷔한 오르비스.

아직 탑보이즈급의 인지도는 되지 않지만, 신인치고는 제법 순항 중이었다. 유플라이와는 달리 처음부터 데뷔 리얼리티로 팬덤을 끌어모았으니.

그러니, 모를 리가 없었다.

그런데.

"누구시죠?"

아린은 해강을 향해 당당하게 말을 뱉었다.

그 중간에 서서 아린을 바라보던 상준은 직감했다.

'아는구나.'

알긴 알 터였다.

일부러 저러고 있을 뿐.

당황한 기색이 역력한 해강. 이때다 싶었는지 유찬이 싸늘한 말투로 그를 쏘아붙였다.

"무슨 상황인지는 모르겠는데. 다짜고짜 찾아와서 이러는 건 좀 경우가 없지 않나."

데뷔 일자로 치면 누가 뭐래도 탑보이즈가 선배였다.

유찬의 날카로운 지적에 해강은 코웃음을 치며 상준을 돌아보았다.

"아, 죄송합니다."

말로는 죄송하다는데 태도에선 전혀 찾아볼 수가 없다.

해강은 상준을 향해 눈짓을 보냈다.

"사적인 문제라 저희 둘이 해결하고……."

"여기서 말해."

상준의 차가운 한마디에 해강은 두 눈을 크게 떴다.

늘 일이 커지는 걸 싫어했던 상준이었다. 당연히 사람이 없는 곳으로 자리를 피할 줄 알았던 상준이 당당하게 고개를 들고 있었다.

'당당하니까.'

굳이 예전처럼 물러설 필요도, 이유도 없다는 걸 알아버렸다.

상준은 조소를 머금은 채 다시금 강조했다.

"네가 할 말이 있을지는 모르겠지만. 여기서 말하라고."

해강이 찾아온 이유는 불 보듯 뻔했다.

갑자기 늘어버린 상준의 실력, 거기에 자격지심이 생겨서 여기까지 찾아온 거겠지. 조금이라도 트집을 잡아 제 자존심을 회복하고 싶은 모양이었다.

'서재진 같네.'

제 화에 못 이겨 혼자 무덤을 파는 성격.

자격지심에 똘똘 뭉쳐 있다는 건 비슷했지만, 둘에겐 결정적으로 다른 점이 있었다. 그것도 두 가지나.

첫 번째.

서재진은 빽이 있고, 저 녀석은 그게 없다.

두 번째.

서재진은 머리라도 있는데.

"으음."

저 녀석은 머리도 없다.

'단순하고 멍청한 녀석.'

상준은 안타까운 눈길로 분노에 찬 해강을 내려다보았다.

이유를 알 리 없는 해강의 두 눈은 한층 더 불타올랐다.

그런 둘을 물끄러미 바라보고 있던 아린이 다시 끼어들었다.

"제가 눈치가 없어서 죄송한데요."

"……"

"근데 누구세요?"

'누구세요'의 2연타.

해강은 붉어진 얼굴로 나직이 말을 뱉었다.

"아까 분명 소개했을 텐……."

"누구신데 선배님 대기실에서 이러고 계신지 궁금해서요. 혹시 아는 분이신가요?"

유플라이가 이제 막 빛을 보기 시작한 신인이긴 해도, 아린의 인지도는 개인으로 치면 단연 해강보다 높았다. 「무인도의 법칙」으로 대중에게 엄청난 호감을 안겨주었으니. 그 탓에 간신히 참고 있던 해강도 이내 이성을 잃었다.

"하, 너 언제 데뷔했어. 선배도 몰라? 아까부터 왜 자꾸 끼어들어!"

아까부터 유찬이 내뱉고 싶었던 한마디가 해강 본인의 입에서 나왔다.

유찬은 황당하다는 듯이 웃음을 터뜨렸다.

"푸흡."

웃은 건 비단 탑보이즈만이 아니었다.

아린은 뒤늦게 입을 손으로 가리며 미소 지었다.

하지만, 두 눈은 절대 웃고 있지 않았다.

해강은 붉어진 얼굴로 언성을 높였다.

"웃어? 지금 웃겨? 야, 선배들이 말하는데 너는……."

"아, 죄송해요. 선배인지 몰랐어요."

오르비스의 데뷔일이 8월 27일.

유플라이는 9월 중순에 데뷔했으니, 사실상 한 달도 차이가 나지 않는다.

아린은 오르비스의 데뷔일을 모른다는 게 아니었다.

살벌한 아린의 목소리가 흘러나왔다.

"두 달 차이 나도 선배 취급을 안 하시던데, 한 달도 선배라고 부르는지는 몰랐거든요. 제가 좀 헷갈려서."

"야!"

해강은 주먹을 움켜쥐며 소리를 질렀다.

해강의 멍청함이 정말이지 빛을 발하는 순간이었다.

"…아."

애쓴다고 응원이라도 해줘야 할까.

상준은 고개를 내저으며 혀를 내둘렀다.

해강은 그제야 주위를 둘러보았다.

어이없다는 듯 팔짱을 끼고 서 있는 탑보이즈 멤버들, 물러설 기색이 없어 보이는 아린까지.

"하."

누가 봐도 해강이 진 상황이었다.

해강은 입술을 질끈 깨물고선 상준을 향해 말을 뱉었다.

"다음에 얘기하자. 우리 할 얘기 많잖아."

'난 없는데.'

씩씩대며 문을 나서는 해강의 뒷모습을 바라보며, 상준은 어깨를 으쓱였다. 문이 닫힘과 동시에, 아린은 축 처진 어깨로 한숨을 내뱉었다.

"후우."

진이 다 빠졌다는 표정.

상준은 그런 아린에게 물병을 건네며 짧은 타박을 던졌다.

"뭐 하러 그랬어요. 제가 해결할 문제였는데."

아린은 시무룩한 표정으로 조심스레 입을 열었다.

"제가 선배님 말씀을 듣고 스타가 되어보려고 했거든요."

느닷없는 아린의 말에 상준은 피식 웃음을 터뜨렸다.

밤하늘을 보며 스타가 되겠다고 다짐하던 아린이 떠올라서였다.

그때의 무인도 하늘은 참으로 아름다웠……

"그런데, 웬 우주쓰레기 같은 게 떠다녀서."

쿨럭.

상준은 대수롭지 않게 물을 삼키다 사레가 들렸다.

"켁… 켁!"

상준이 고통받는 이유를 알 길이 없는 아린은 진지한 표정으로 말을 이었다. 해강을 향한 진심이 담겨 있는 목소리였다.

"저 혼자 탈탈대다 터져 버린 인공위성 파편 같아요."

"신, 신박한 욕이네요."

저런 성격이었던가.

도영의 동공이 빠르게 흔들리는 사이, 안정을 찾은 아린은 원래의 해맑은 얼굴로 돌아와 있었다.

"사실 지난번 듀엣 무대 때 너무 감사해서 인사차 들렀어요."

"아, 네."

"감사합니다!"

아린은 본연의 목적을 찾고선 탑보이즈 멤버들에게도 마저 인사를 건넸다.

살벌했던 아까의 모습은 어디로 가고, 아린은 생글거리며 힘차게 외쳤다.

"다음에는 진짜 스타가 되어서 돌아올게요, 선배님!"

"아, 잘 가요."

"감사합니다아!"

정신없이 인사를 마친 아린마저 대기실을 떠나고 나서야, 제현은 안도의 한숨을 쉬었다. 오자마자 해강의 살기에 1차로 겁을 먹었고, 아린의 살벌한 멘트에 또다시 굳게 입을 다물었던 제현이었다.

그런 제현을 눈치챈 선우가 피식 웃으며 말했다.

"제현이, 조금 쫀 거 같은데."

"아, 아닌데."

부자연스럽게 시선을 돌리는 제현.

도영은 제현의 머리를 쓰다듬으며 그럴 수 있다는 듯이 고개를 끄덕였다.

"제현이가 초식동물이라서 그래."

"메뚜기는 잡식이야."

"아니, 미키마우스."

"마우스도 잡식이야."

단호한 유찬에 도영은 인상을 찌푸리며 제현에게 말을 걸었다.

"나, 쟤 진짜 싫어."

"난 메뚜기가 싫어."

호불호가 확실한 동생들.

그 와중에 상준을 걱정하는 건 선우였다.

선우는 조심스럽게 상준의 눈치를 살폈다.

"괜찮냐."

상준은 대답 대신 미소를 지으며 고개를 끄덕였다.

벌써 과거가 된 일이다.

그러니까.

'아니, 요즘은 개나 소나 아이돌을 한대.'

상준은 손에 쥔 물병을 쓰레기통에 던져 버렸다.
담담한 상준의 한마디가 대기실에 울려 퍼졌다.
"만날 일 없겠지."

＊　　　　＊　　　　＊

"자, 다들 모여봐."
"네!"
"네에에!"
"여기가 유치원인지, 소속사인지."
해맑게 대답하는 멤버들을 돌아본 조승현 실장이 피식 웃음
을 흘렸다.
컴백 기간도 아니고, 이렇게 단체로 멤버들을 부른 건 분명 이
유가 있을 터였다. 도영은 두 눈을 반짝이며 슬쩍 손을 들었다.
"혹시… 소고기?"
"어림도 없지."
"아."
급격히 실망하는 멤버들.
조승현 실장은 부들대며 언성을 높였다.
"맡겨놨냐, 맡겨놨어?"
"실장님, 제가 많이 애정 하는 거 알죠? 고기가 있다면 한층

더 애정을……."

"넌 잠깐 나가 있어라."

"와, 너무했다. 진짜."

능청스럽게 덧붙이는 도영을 보며 제현은 두 눈을 끔뻑였다.

열일곱 살의 제현에게는 아직 배울 게 많았다.

[고기와 함께 협박을…….]

요즘 들어 새롭게 메모하는 습관을 들인 제현이다.

열정의 방향이 막대 사탕에 이어, 또다시 이상한 방향으로 새
나갔다.

삶의 진리를 깨달은 제현은 작은 목소리로 중얼거렸다.

"저것이 사회생활이구나."

"아니야, 제현아."

"아?"

"넣어둬, 넣어둬. 그거 아니야."

큰 깨달음을 얻은 듯한 표정을 하고 앉아 있는 제현.

선우는 그런 제현을 간신히 말렸다.

조승현 실장은 한숨을 내쉬며 입을 열었다.

"두 가지 소식이 있는데. 좋은 거부터 들을래, 나쁜 거부터 들을래?"

"좋은 거요!"

"나쁜 소식이요!"

동시에 외친 도영과 유찬은 또다시 서로를 쏘아보기 시작했다.

"야, 네가 그래서 부정적인 거야."

"뭐래, 넌 멍청하잖아."

"아아, 얘들아……?"

근본 없는 말싸움에 제현은 또다시 휴대전화에 메모를 하고 있었다.

[도영이 형은 멍청하다.]

"나쁜 거 먼저 듣죠."

상준이 담담하게 입을 열었다. 별거 아닌 걸로 허구한 날 싸워대는 동생들이기에, 상준은 고개를 까닥이며 도영에게 눈치를 줬다.

'야, 쟤 삐진다.'

괜히 '유또삐'가 아니다.

상준의 빠른 판단에 조승현 실장은 고개를 끄덕이며 말을 이었다.

손뼉을 한 번 치며 일어난 조 실장.

그의 입에서 충격적인 소식이 흘러나왔다.

"너네 곧 연말이잖냐."

"그, 그렇죠?"

"행사가 아주 많아. 성탄절 이벤트, 새해 이벤트. 여튼, 스케줄이 연말까지 꽉 차 있더라."

"으음."

예상대로 차갑게 가라앉는 실장실의 공기.

조승현 실장은 웃으며 화제를 돌렸다.

"자, 그래서!"

그다음은 희소식.

멤버들의 시선이 모두 조승현 실장을 향했다.

그리고.

"너네 드라마 OST 부르게 됐다."

"네에?"

"진짜요?"

전혀 예상도 못 했던 소리가 조승현 실장의 입에서 튀어나왔다.

*   *   *

OST 제안을 해온 건 상준이 출연하는 드라마 '흉부외과' 팀에서였다.

경쾌한 분위기로 힘을 실어주는 가사를 담은 노래.

가이드 샘플을 받은 멤버들은 잔뜩 신이 나 있었다.

"와, 노래 진짜 좋은데?"

곡의 제목은 「Walk&Work」.

비슷한 발음의 두 단어를 나열하여 드라마 「흉부외과」의 의미를 전달하는 곡이었다.

「흉부외과」에서 상준이 경민지에게 했던 대사가 있었다.

'나는 내가 믿는 이 방향대로 걸어갈 거고, 이렇게 일할 거야.'

'이게 내 신념이니까.'

환자를 향한 열정.

호진이 했던 대사를 그대로 옮겨놓은 것이 바로 이 노래의 가

사였다.

그 때문이었을까.

가이드 샘플을 듣는 내내 상준의 열정은 뜨겁게 불타올랐다.

"후우."

첫 출연 한 드라마의 OST.

듣는 사람들이 그 열정을 느낄 수 있는, 그런 힘찬 곡을 만들어보고 싶었다. 그리고 그건 다른 멤버들도 마찬가지였다.

"음."

열정의 방향이 다소 잘못된 멤버도 있어 보였지만.

"으에에에."

"……."

"에베베베벱."

도영은 오늘도 어김없이 이상한 발성법으로 목을 풀고 있었다.

가만히 지켜보던 유찬이 그런 도영을 응징했다.

"꾸엑."

넥 슬라이스.

시끄러운 도영을 처리한 유찬은 다시 노래 가사에 시선을 돌렸다.

"으으음. 이 부분 고음만 신경 쓰면 되겠네."

"연습해 볼까."

"오케이."

부족한 부분은 메워가며, 서로의 발성을 체크해 주는 탑보이즈.

다들 평화롭게 연습을 이어갈 무렵이었다.

"하."

멀리서 들려오는 짧은 탄식.

"아니, 지금 장난해요?"

날카로운 목소리가 녹음실의 공기를 얼려 버렸다.

* * *

날이 선 목소리의 주인공은 해강이었다.

상준은 인상을 찌푸리며 한숨을 뱉었다.

다시 만날 줄은 몰랐는데, 이런 데에서 또 만나고 말았다.

그것도 영 좋지 못한 모습으로.

"저희가 먼저 예약한 거 아니에요?"

탑보이즈의 OST 녹음을 위해 송준희 매니저가 미리 녹음실을 대여했었지만, 중간에 녹음실 측의 실수로 누락된 모양이었다. 그걸 알게 된 녹음실 측이 탑보이즈에게 먼저 녹음실을 쓰라며 말을 바꾸었는데, 그 사실에 오르비스가 화가 난 상태였다.

'하, 어느 쪽 잘못도 아닌데.'

잘못이라면 녹음실 측의 잘못이었다.

문제는 녹음실 공간이 충분치 않아 둘 중 한 팀만 오늘 진행할 수 있다는 점이었다.

"탑보이즈 애들 먼저 들어가는 게 나을 거 같은데."

오랜만에 보는 하윤재 프로듀서가 나직이 말을 뱉었다.

그의 한마디에 해강은 노골적으로 불편한 기색을 드러냈다.

"아니, 저희는 지금 1시간 전부터 대기했거든요."

"야, 이해강. 가만히 있어."

오르비스의 매니저가 해강을 다급히 제지했다.

갓 데뷔한 신인이 막 나가는 모습을 보여서 좋을 게 하나도 없었다.

그럼에도 해강은 제멋대로 성질을 내고 있었다.

'또 저것들이야.'

해강은 탑보이즈를 쏘아보며 주먹을 쥐었다.

자신들이 탑보이즈보다 인지도가 떨어지기 때문에 괜히 불이익을 받는다고 생각한 해강은 자격지심에 가득 찬 채 말을 이었다.

"지금 장난하자는 것도 아니고."

"하, 해강아."

매니저의 한숨 앞에서도 잔뜩 열이 오른 상태.

그런 그를 보며 상준은 다시금 확신했다.

'확실히 머리는 없어.'

최소한 서재진은 카메라 앞에서는 자제라도 했었다.

그런데, 저 녀석은 브레이크 자체를 밟을 줄을 모른다.

상준은 속으로 혀를 차며 앉아 있었다.

"후우."

하윤재 프로듀서는 난처한 얼굴로 한숨을 내쉬었다.

개인적인 친분도 친분이지만, 이건 탑보이즈가 먼저 들어가는 게 맞았다.

당장 음원 발매 일정이 탑보이즈가 먼저인 데다가, 시간적으로도 그랬다.

"저기는 한 곡이면 되는데, 이쪽은 앨범 통으로 작업해야 하잖아요."

"한 곡도 오래 걸리잖아요."

"야, 이해강!"

해강이 폭주하려 하자 매니저가 급하게 그를 막았다.

"하."

녹음실 복도다.

꽤 많이 사람들이 지나다니는 스튜디오기에, 여기서 언성을 높여서는 안 된다는 합리적 판단이 섰다. 오르비스의 매니저는 해강을 향해 눈치를 주며 침착하게 말을 이었다.

"오늘 예약 건은 일단 저희가 예약되어 있으니까, 양보해 주시면 좋을 것 같습니다."

컴백 뮤비 촬영부터 각종 화보, 예능 스케줄까지 합치면 당분간은 한참 바쁠 터였다. 오늘 녹음 일정이 미뤄지면, 그로 인해 펑크 나는 스케줄을 잡기 어렵다. 더욱이 뒤에서 잔뜩 화가 나 있는 멤버들 때문에라도 오르비스의 매니저는 밀어붙일 생각이었다.

"흐음."

확실히 독자적으로 결정하기엔 어려운 문제다.

"어떻게 할래?"

송준희 매니저는 탑보이즈 멤버들에게 조심스레 의견을 물었다. 오랜 시간을 대기하고 있었던 건 탑보이즈도 마찬가지였다.

선우는 멤버들을 돌아보며 입을 열었다.

"그냥 오늘은 마저 연습할까?"

그럴까.

상준은 열이 올라 있는 해강을 슬쩍 보고는 고개를 끄덕였다. 굳이 상식이 통하지 않는 녀석이랑 싸우고 싶지는 않았다.

'뭐, 오늘 당장 안 한다고 죽는 것도 아니고.'

상준은 미소를 지으며 말을 뱉었다.

"그렇게 해요. 저희는 다음에 들어가죠."

"어, 고맙다. 진짜."

하윤재 프로듀서는 웃으며 탑보이즈 멤버들을 향해 감사 인사를 건넸다.

자칫 충돌로 벌어질 수 있는 민감한 문제에 저렇게 양보를 하고 나섰으니.

'확실히 제대로 된 애들이야.'

지난번 녹음 때 봤던 첫인상이 정확했다.

반면, 오르비스와는 첫 작업인데 벌써부터 삐걱이고 있었다.

하윤재 프로듀서는 탑보이즈를 향해 지어 보였던 흐뭇한 미소를 거두고 싸늘하게 해강을 돌아보았다.

그 순간이었다.

"아, 재수 없어."

해강의 입에서 짜증 섞인 한마디가 튀어나왔다.

작게 중얼거린 말이었지만, 조용했던 복도 탓에 해강의 투덜거림은 선명하게 들려왔다.

'잘못 들은 건가.'

하윤재 프로듀서는 놀란 눈을 번쩍 떴다.

이어지는 말은 더욱 가관이었다.

"저 새끼, 착한 척하네. 실력도 안 되던 게."

"뭐?"

먼저 화를 낸 건 상준이 아닌, 하윤재 프로듀서였다.

"너 뭐라고 했어, 새끼야."

하윤재 프로듀서도 절대 만만한 성격은 아니었다. 송준희 매니저는 속으로 위험을 감지했다.

'큰일 났네.'

프로듀서계의 휴화산이라고 불리는 하윤재 프로듀서를 건드리다니.

이따금 한 번씩 터지면 녹음실을 엎어버린다는 것으로 유명한 그다.

그가 가장 싫어하는 건 성실하지 않은 것과……

"예의를 밥 말아 먹었네, 이거."

"네?"

하윤재 프로듀서는 예의를 갖추지 않은 케이스들을 가장 싫어했다.

연예인병에 빠져서 제 잘난 맛에 세상을 무시하는 스타일들.

"난 너 같은 애들이 딱 질색이거든."

하윤재 프로듀서는 인상을 찌푸리며 거듭 독설을 내뱉었다.

당황한 오르비스의 매니저가 앞을 막아섰다.

"저기, 말은 좀 순화해서……"

"그쪽 소속사 아티스트들 똑바로 관리하세요. 저렇게 기본도 안 된 애들 끌어오지 말고."

하윤재는 싸늘한 눈빛으로 해강을 훑었다.

그의 한마디에 자존심에 스크래치가 난 모양인지, 해강은 부들대며 화를 삭이고 있었다.

다른 사람이면 몰라도 하윤재 프로듀서가 저렇게 핏발이 선 채로 자신을 노려보고 있으니 말대꾸를 하지 못하는 해강이다.

"······."

자신을 노려보며 씩씩대는 해강을 흥미롭게 바라보며, 상준은 말없이 고개를 돌렸다.

그리고 그날 저녁.

"이, 이게 뭐야?"

연예계가 발칵 뒤집혔다.

*　　　*　　　*

'오르비스 이해강 인성'이라는 제목으로 올라온 7분 31초의 동영상.

그 영상은 해강이 깽판을 치는 장면을 고스란히 담아내고 있었다.

—아니, 지금 장난해요?

—저 새끼, 착한 척하네. 실력도 안 되던 게.

탑보이즈보다 먼저 녹음에 들어가겠다며 성질을 내는 모습부터, 상준을 향해 욕지거리를 내뱉는 모습까지.

오르비스의 이미지에 직격탄을 날린 영상이었다.

당연히 그에 대한 댓글도 뜨거웠다.

—진짜 미친 거 아니냐 ㅋㅋㅋㅋㅋㅋㅋㅋ

ㄴ나 살다 살다 선배한테 저렇게 막 나가는 아이돌은 처음 보네

ㄴYH는 애들 관리도 안 해요? 저딴 애들 데뷔시킴? ㅋ

ㄴ아가야, 2개월 선배도 선배란다. 모르면 다시 배워 오렴 ^^

—너무 막 나가길래 몰래카메라인 줄
ㄴ나도 ㅋㅋㅋㅋㅋㅋㅋㅋ
ㄴ무슨 예능프로 벌칙이라고 생각함
ㄴ너무 당당하잖아
—여기서 킬포! '실력도 안 되던 게'
ㄴㅋㅋㅋㅋㅋㅋㅋㅋㅋㅋㅋㅋ
ㄴ아니, 누가 누굴 까 ㅋㅋㅋㅋㅋ
ㄴ상준이는 그냥 착한 거거든요 ㅠㅠ
ㄴ아니, 가만히 있는 애한테 시비를 털어요 ㅠㅠ
—이해강 오르비스 탈퇴해!!!!
ㄴ오르비스 팬이지만 진짜 공감 ㅠ
ㄴ그냥 해강아 깔끔하게 탈퇴하자
ㄴ솔직히 이건 실드 못 쳐주지

"형, 이거 봐봐."
도영은 댓글을 들이밀며 호들갑을 떨었다.
상준은 미소를 지으며 고개를 끄덕였다.
도영은 깊은 깨달음을 얻었다는 듯 말했다.
"와, 진짜 어디서든 착하게 살아야 하는구나."
"그니까. 저게 돌아다닐 줄, 지는 알았겠냐."
유찬 역시 혀를 차며 도영의 말에 동조했다.
그런데.
"어째 형은 알았다는 표정이다?"
지나치게 평온해 보이는 상준.

유찬이 놀란 눈으로 묻는 말에, 상준은 천천히 고개를 끄덕였다.

"대강?"

굳이 그 자리에서 해강과 감정 소모를 하지 않으려던 이유는 있었다.

어쩌면 이해강의 말대로 '착한 척'인지도 모르겠다.

상준은 조심스럽게 입을 열었다.

"보는 눈이 많다는 것 정도는 알고 있었지."

언제 어디서 이야기가 새 나갈지 모르는 게 연예계다.

공인으로서 행동거지를 바르게 해야 하는 건 어찌 보면 당연한 일이었다.

'걔는 멍청해서 그걸 모른 거고.'

상준은 혀를 차며 인터넷 댓글들을 읽어나갔다.

여론이 이 정도로 안 좋으니 YH 측에서도 뭔가를 하긴 할 터였다.

그런데.

"와, 얘도 참 대박이다."

이런 식으로 나올 줄은 몰랐다.

도영은 연신 감탄하며 상준에게 휴대전화를 들이밀었다.

"이게 뭐야?"

상준은 인상을 찌푸리며 도영의 휴대전화를 건네받았다.

화면 위로 떠오른 해강의 별스타그램.

거기엔 해강답지 않은 기사 스크랩이 올라와 있었다.

탑보이즈 멤버들이 「흥부외과」의 드라마 OST 촬영에 참여하게 되었다는 기사. 그 기사를 캡처한 다음에 덧붙인 말은 한층 더 가관이었다.

#탑보이즈 #기대된다 #많이들어주세요

난데없이 탑보이즈의 OST를 홍보하고 나선 해강.

상준은 멍한 눈길로 천천히 입을 뗐다.

"신… 신박한데?"

"살짝 돌은 거 같은데."

뒤늦게 친한 척이라도 해서 여론을 잠재우려는 걸까.

해강이 단독으로 올린 글은 아닐 테고, YH 엔터 측에서도 이 사실을 알고 있을 게 뻔했다.

하지만 왜.

"이건 지들 무덤 파는 거 아냐?"

"내 말이. 뻔히 보이는 거짓말을 왜 하는 건데?"

이해가 가지 않는다는 듯 말을 주고받던 도영과 유찬의 시선이 조승현 실장에게로 향했다.

"실장님."

"그래."

"거기서 연락 왔어요?"

조승현 실장은 입술을 깨물며 고개를 끄덕였다.

"연락 왔었지. 아직 대답은 안 했지만."

"그 전에 선수 친 거네요."

"그렇게 됐다."

YH 엔터에선 오랜만에 낸 보이 그룹이었다.

게다가 충분히 그간의 이미지도 좋았고.

오르비스에 사실상 모든 걸 기대고 있던 YH의 입장에선 어떻게 해서든지 막아야 할 일이었다.

"후우."

조승현 실장과 친분이 있었던 최 실장이 사정을 해가며 내건 조건.

"앞으로 어떤 스케줄이든 겹치면 우선적으로 양보하겠다. 그리고 단체로 찾아와서 제대로 사과하겠다."

"그렇게 말했다고요?"

"친한 척까지 해주는 건 바라지도 않으니 이번 한 번만 모르는 척 넘어가 달란다."

조승현 실장은 혀를 차며 멤버들을 돌아보았다.

제발 반박 기사만 내지 말고 묵인해 달라는 제안.

사실 탑보이즈의 입장에선 나쁠 게 없는 조건이었다.

"물론 너네들이 기분은 나쁘겠지만, 연예계에서 굳이 적 만들어서 좋을 거 하나 없다."

조승현 실장은 조심스럽게 말을 이었다.

행여 멤버들에게 상처를 줄까 봐 걱정하는 눈치였다.

자칫하면 오르비스를 감싸는 걸로도 보일 수 있으니.

하지만, 상준은 조 실장의 말을 백번 이해했다.

"그렇죠."

"물론 너네가 싫다면야, 바로 반박 기사 내줄 수 있어. 난 누가 뭐래도 우리 회사 애들 보호가 최우선이거든."

조승현 실장의 한마디에 상준은 미소를 지었다.

그가 진심으로 하는 말이라는 걸 알고 있었기 때문이었다.

그리고, 가장 결정적으로.

전혀 기분이 나쁘질 않았다.

'이해강의 사과를⋯⋯.'

그 자존심 센 녀석이 사과를 하다니.

길이길이 보존해 두어야 할 명장면임에 분명했다.

"어떡할래?"

조승현 실장의 묵직한 물음에 상준은 고개를 돌렸다.

선우는 대답 대신 흐릿하게 웃어 보였다.

다른 멤버들도 모두 같은 생각을 하는 모양이니.

상준은 담담한 목소리로 입을 열었다.

"오라고 해요."

*   *   *

끼이익.

마찰음과 함께 익숙한 얼굴들이 단체로 들어온다.

두 손을 공손히 모으고 있는 오르비스 멤버들.

한 명씩 눈치를 보며 걸어오는 폼이 영 엉거주춤했다.

"으음."

그중에서도 가장 가관인 건 단연 해강이었다.

한눈에 봐도 강제로 끌려온 기색이 역력한 표정. 입술이 티
나게 튀어나온 상태로 해강은 고개를 푹 숙이고 있었다.

"무슨 말 하려고 오셨나."

유찬이 싸늘한 얼굴로 말을 뱉었다. 어차피 이어질 말은 듣지 않아
도 뻔했지만, 유찬의 타박에 오르비스 멤버들은 다시 얼굴을 붉혔다.

가장 사이드에 서 있던 검은 머리가 먼저 입을 열었다.

"지난번 녹음실 때… 저희가 난동을 부려서."

미세하게 떨리는 목소리다.

아마 오르비스의 리더인 모양인데, 자신보다 어린 동생들에게 사과를 하려니 영 자존심이 살지 않는 탓일 터였다.

잠시 고민하던 그는 두 눈을 질끈 감고 말을 뱉었다.

"죄송하다는 말씀 전하러 왔습니다."

"아."

제현은 두 눈을 굴리며 고개를 끄덕였다.

사실 이렇게 얼굴을 맞대고 사과를 받는 건 탑보이즈 멤버들에게도 부담스러운 일이다. 어색한 공기. 선우는 그 공기를 깨기 위해 다급히 손짓했다.

"일단 앉아요. 거기 서 있지 말고."

이 와중에도 순둥순둥한 성격의 선우는 둥글대다 못해 굴러가고 있었다. 유찬은 인상을 찌푸리며 그런 선우에게 눈치를 주었다.

"가만히 있어."

"아, 알았어."

선우는 손짓을 멈추고 정자세로 앉았다.

눈치를 보고 있던 다른 오르비스의 멤버들도 하나둘씩 고개를 숙였다.

상준이 YH 엔터에서 연습을 할 당시 데뷔조로 있던 녀석들이었다.

'똑같은 놈들이지.'

이해강보다 자격지심에만 덜 찌들어 있을 뿐이지, 비슷한 녀석들이긴 했다. 데뷔조가 되지 못한 B반 연습생들을 대놓고 무시했었으니까.

해강이 허구한 날 그들을 보며 거품을 물던 모습이 떠올랐다.

지금은 저렇게 같은 팀이랍시고 똘똘 뭉쳐 있는 꼴을 보니 아이러니였다.

"음."

모두가 사과를 마친 상태에서도, 해강만은 줄곧 꼿꼿이 서 있었다.

그때처럼 대놓고 상준을 노려보진 못하지만, 차마 무거운 입이 떨어지지 않는다는 표정. 가만히 서 있던 오르비스의 매니저가 해강을 향해 눈치를 주었다.

"뭐 해?"

"……."

끝까지 자존심을 굽히지 않으려는 태도.

그 태도에 이제 더는 화가 나질 않았다.

그저, 안타까웠을 뿐.

"야."

상준은 해강을 응시하며 천천히 입을 뗐다.

혹여 더 싸움이 번질까 봐 송준희 매니저도 주시하고 있는 상태이지만, 상준의 목소리는 놀랍도록 침착했다.

"네가 왜 발전이 없는 줄 알아?"

힘겹게 데뷔를 하고 나서도, 해강의 생각은 아직도 B반의 열등감 넘치는 연습생에 머물러 있었다. 그 때문일까, 오르비스 멤버들 사이에서도 줄곧 밀리는 모습을 보여왔던 해강이다.

일침을 가하는 상준의 한마디에 해강은 인상을 찌푸렸다.

"……."

하지만, 반박을 할 수가 없었다.

"넌 아직도 1년 전에 멈춰 있거든."

해강은 입술을 지그시 깨물었다.

머리를 크게 얻어맞은 기분.

해강은 힘겹게 고개를 들어 상준을 바라보았다.

'재능 없던 연습생.'

그렇게 자신이 무시해 왔던 상준이, 너무도 평온한 얼굴로 자신의 앞에 앉아 있다. 진심 어린 상준의 한마디가 울려 퍼졌다.

"이제 좀 나와."

＊　　　　　＊　　　　　＊

'죄… 송합니다.'

한참이 지나서야 상준은 해강의 사과를 들을 수 있었다.

붉어진 얼굴로 그 한마디를 힘겹게 토해내던 해강.

상준의 그 얼굴을 떠올리며 한숨을 내쉬었다.

"자, 들어갈까?"

지난번 오르비스에게 녹음 일자를 양보했으니, 오늘은 탑보이즈의 드라마 OST 녹음이 있는 날이었다. 송준희 매니저의 한마디에 멤버들은 생글거리며 자리에서 일어섰다.

"준비 다 된 거 같아요."

"도영이가 아까부터 시끄럽게 목 풀더라고요."

"시끄럽다니, 지금 내 발성 무시해?"

"차라리 무시하고 싶다. 너무 잘 들리는데 어떻게 무시하냐?"

유찬과 도영은 투덜이며 황급히 녹음실로 들어갔다.

JS 엔터 자체 녹음실보다 확실히 근사한 시설.

고급 장비들을 훑으며 연신 감탄을 뱉어내던 도영은 누군가를 발견하고선 놀란 얼굴로 멈춰 섰다.

"헉, 쌤이다!"

"와아아, 쌤!"

흐뭇한 미소를 지으며 손을 흔들고 있는 건 유지연 선생.

오랜만에 보는 얼굴이다.

상준은 반가운 마음에 유지연 선생에게 달려갔다.

"잘 지냈어?"

"물론이죠."

"그새 노래는 더 늘었으려나?"

"그것도 물론이죠."

상준은 씨익 웃으며 힘차게 고개를 끄덕였다.

유지연 선생은 만족스러운 얼굴로 말을 이었다.

"자, 그러면. 누구부터 들어갈래?"

"상준이 형이요!"

"좋다."

"아?"

도영의 여론 몰이로 졸지에 첫 순서가 되고 말았다.

자신을 바라보며 눈을 반짝이는 유지연 선생에, 상준은 머리를 긁적이며 녹음실 부스로 들어갔다.

"으음."

짧게 목을 푼 상준은 긴장한 기색으로 물병을 들었다.

분명 완벽하게 연습했는데도 목이 탄다.

"들어갈게요!"

오케이 싸인을 보낸 상준은 진지한 얼굴로 마이크 앞에 섰다.

ON AIR.

녹음실 부스 위로 붉은빛이 들어오자마자, 상준은 곧바로 감정 선을 잡았다. 드라마 속 호진이 상준 대신 노래를 부르는 것처럼, 「Walk&Work」 가사는 호진의 목소리를 많이 담아내고 있었다.

첫 소절부터 그랬다.

동생으로 인한 트라우마 때문에 환자에 그리도 집착했던 호진.

그의 마음을 고스란히 담은 상준의 부드러운 목소리가 노래 를 시작했다.

바쁘게 살아가는 사람들

저마다 삶을 향해 걸어가겠지

힘찬 멜로디와 함께 나직한 상준의 목소리가 어우러졌다.

첫 소절을 들은 유지연 선생은 커다란 눈을 끔뻑였다.

'괜찮은데?'

확실히 느낌 있다.

과거의 트라우마의 무게를 간신히 견디고 있는 호진.

마치 드라마 속 장면이 연상되는 목소리.

하지만, 그것도 잠시.

강렬한 드럼 비트와 함께 노래의 템포가 점차 빨라지자, 상준의 안색도 바뀌었다.

  나쁜 일은 잊어줘
  앞으로 나아가는 거야
  굳이 뒤를 돌아볼 필요는 없어
  Keep going

「신이 내린 가창력」.
베이스가 탄탄한 상준의 가창력이 빛을 발하는 순간이었다.
'어울리네. 아주 찰떡인데?'
유지연 선생은 눈을 반짝이며 상준을 살폈다.
기본적으로 부드러우면서도 힘 있는 목소리다.
애절한 발라드에도 잘 녹아들어 가는 목소리지만, 가창력이 이
렇게 받쳐줄 때에는 이런 스타일의 노래에도 아주 잘 어울렸다.
'듣는 사람을 즐겁게 하는 목소리.'
파이팅 넘치는 목소리를 들으며, 유지연 선생은 저도 모르게
콧노래를 흥얼거렸다. 하지만, 그렇다고 해서 예리한 그녀의 눈길
이 사라지는 건 아니었다.
"잠깐만."
보완할 파트가 있다면 냉정하게 손을 드는 유지연 선생이다.
"그 부분 다시 불러볼래? 좀 더 감정 살려서."
"네, 알겠습니다."
"호흡 좀 실어봐. 너무 딱딱하게 부르진 말고."
상준은 고개를 끄덕이며 가사지의 파트를 체크했다.

10초 전으로 흘러가 다시 나오는 멜로디.

상준은 부족했던 파트를 침착하게 채워 나갔다.

Keep going

힘을 내어 걸어갈래

「달변가의 명연」.

지난번에 두 재능을 조합하여 만들어냈던 이 재능이, 여기서 뜻밖의 효과를 발휘했다.

'와.'

호흡 속에서 느껴지는 감정.

거기에 더해 명확한 전달력까지.

"좋은데?"

유지연 선생은 엄지손가락을 치켜들며 웃어 보였다.

가만히 녹음실 부스 밖에 앉아 있던 제현이 작게 중얼거렸다.

"너무 잘하는데?"

"그러게. 다음 타자는 어떡하라고."

"그런 의미에서 형이 나가자."

제현은 해맑게 웃으며 도영을 떠밀었다.

"아?"

"좋다, 좋다."

거기에 선우의 말까지 얹어지니 꼼짝없이 두 번째 타자가 되고야 말았다.

도영은 무섭다는 듯 혀를 내두르며 제현을 돌아보았다.

"와, 너 많이 늘었다."

"내가?"

이젠 급기야 형들을 이겨먹는다며 도영은 놀란 눈으로 혀를 내둘렀다.

처음 만났을 때의 어벙하던 막내는 어디로 가고, 제 할 말은 똑똑히 하는 제현이다.

하지만, 그런 도영의 말을 잘못 이해한 제현은 휴대전화를 다시 꺼내 들었다.

'늘었으면 좋은 건가?'

[내 일은 남에게 미루기.]

"아니야, 그거 아니야."

제현을 옆에서 물끄러미 지켜보고 있던 선우는 기겁한 얼굴로 그의 휴대전화를 내려 버렸다.

"그것도 넣어둬."

"왜?"

"도영이 같은 애가 팀에 하나 더 있으면 형이 피곤하단다."

리더로서의 무게를 충분히 견디고 있지만 굳이 더 견디고 싶진 않았다.

선우의 한마디에 도영은 억울한 낯빛으로 투덜거렸다.

"아니, 내가 언제 내 일을 남에게 미뤄!"

"너, 맨날 청소는 유찬이한테 미루잖아."

"어차피 엄유찬, 쟤도 안 해!"

"자랑이다, 아주."

선우는 혀를 차며 은근슬쩍 제현의 휴대전화를 집어 들었다.

"뭐 메모했는지 한번 보자."

요즘 들어 새롭게 열정을 가진 건 좋다만.

옆에서 중간중간 봐온 결과, 썩 쓸 만한 걸 메모하지는 않는 듯했다.

그래도 하나라도 건질 수 있다면…….

[도영이 형은 멍청하다.]

"음."

선우는 못 본 일로 하고 휴대전화를 다시 제현의 손에 쥐여주었다.

영문을 모르는 도영은 선우의 표정을 보고선 고개를 갸우뚱해 보였다.

"왜?"

"아니, 막내가 너무 똑똑해서."

쓸 만한 걸 메모하지는 않는데 팩트만 메모한다며, 선우는 작게 중얼거렸다.

그런 선우의 혼잣말은 이어진 상준의 노랫소리에 묻혔다.

Keep going
힘을 내어 걸어갈래

"좋다, 최고다. 와, 오늘 너무 대박인데?"

마지막 파트까지 끝나고 나서야, 유지연 선생은 상기된 얼굴로 자리에서 일어섰다. JS 엔터에서 상준을 줄곧 봐오긴 했지만, 오늘만큼은 유독 컨디션이 더 좋아 보였다.

"오늘 무슨 일 있어?"

마치 상준을 처음 봤던 날 같았다.

떠나지 마

이 자리, 그대로

발라드곡으로 유지연 선생의 심금을 울렸던 첫 만남.

'그 연습생, 어디서 데려온 거예요? 아니, 어디에 숨겨뒀다가 이제야 나타난 건데요?'

노래를 듣자마자 잔뜩 흥분한 채 조승현 실장을 찾아갔던 그녀다.

마음 같아서는 오늘도 그러고 싶었다.

녹음실 부스에서 나온 상준은 미소를 지으며 말했다.

"별건 아니고, 그냥 떠오르는 게 있어서요."

"옛날 일?"

상준은 대답 대신 고개를 끄덕였다.

노래의 가사 때문이었는지도 모른다.

짧은 시간 동안, 애써 꽁꽁 싸맨 채 숨겨두려 했던 과거가 떠올랐다.

'관둬라.'

'이게 춤이야? 목각 인형도 너보단 잘 추겠다.'

노력의 힘으로, 재능의 힘으로.

결국 이곳까지 이끌려 왔지만, 이따금 그런 생각이 들지 않는 건 아니었다.

이 재능이 흐릿한 신기루 같은 것일까 봐 늘 불안했다.

'재능 없이 여기까지 올 수 있었을까.'

스스로를 믿지 못했고 그래서 더 악착같이 노력했다.

행여 언제라도 이 재능이 사라질까 봐 두려워하며.

그 노력이 지금의 상준을 만든 건 맞지만.

'넌 아직도 1년 전에 멈춰 있거든.'

해강에게 그 말을 하며 깨달았다.

자신도 크게 다르지 않았다는 걸.

너무 스스로에게 부담을 얹었기 때문에, 환자에 집착했던 호진처럼 지쳐가고 있던 건 아니었을까.

"가사가 와닿더라고요."

가만히 멈춰 서서 과거를 회상하다간 나아갈 수 없다.

믿고 있는 방향으로 쉼 없이 나아가라.

'…더 이상 얽매이지 말고.'

상준은 흐릿한 미소를 지어 보였다.

제3장

피할 수 없으면 즐겨라

"Dream the top! 안녕하세요, 탑보이즈입니다!"

우렁찬 목소리와 함께 카메라가 돌아가기 시작했다.

케이블의 토크쇼 패널로 짧게 출연하는 것이지만, 이런 스케줄이 어제오늘만 해도 세 개가 있었다.

"개인기 하나씩 보여주시죠!"

"까마귀 소리요?"

이제는 반사적으로 까마귀 소리를 내뱉는 유찬.

화기애애한 분위기 속에서 토크쇼가 흘러갔다.

정신없이 스케줄을 소화하다 보니, 이제는 무슨 말을 했는지조차 기억이 나질 않았다.

"이번에 드라마 OST 불렀다면서요?"

진행자가 웃으며 묻는 말에, 멤버들은 뿌듯한 미소를 지으며 고개를 끄덕였다. 어제 라디오에서도 물어왔던 질문이다. 상준은 반사적으로 답했다.

"네. 너무 과분한 사랑 받고 있어서 감사하다는 말씀 드리고 싶습니다."

"온탑분들 사랑해요!"

"시청자분들도 사랑해요!"

옆에서 하트와 함께 리액션을 넣는 도영과 선우.

진행자는 웃음을 터뜨리며 말을 이었다.

"이번에 10등 안에 들었더라고요."

탑보이즈의 「DREAM THE TOP」 앨범의 타이틀곡은 아직도 10위권을 유지하고 있었다. 그 상태에서 드라마 OST까지 상위권에 올랐다.

"네, 맞아요."

신인으로서는 너무도 감사한 기록이다.

상준은 기분 좋은 웃음을 흘리며 생각을 밝혔다.

"이 노래가 힘을 실어주는 노래인데, 그런 느낌을 살리면서 열심히 불렀거든요. 그래서 들어주신 분들도 조금이나마 힘을 얻지 않았을까."

"맞아요. 들으면서 막 힘이 나더라고요."

이제는 제법 굳지 않고 자연스럽게 흘러나오는 대화.

그렇다고 해서 마냥 편안한 것만은 아니었다.

"촬영 끝났습니다!"

스탭들의 안내에 따라 곧바로 촬영장을 빠져나온 멤버들.

오늘은 타이틀곡 안무도 선보이는 바람에 체력이 배로 깎였다.

상준은 옷소매로 땀을 훔치며 말을 뱉었다.

"어우, 정신이 하나도 없네."

다른 멤버들과는 달리 어젯밤 늦게 드라마 촬영도 다녀온 상준이다.

도영이 걱정스러운 눈길로 상준에게 말을 걸었다.

"형은 힘들겠다. 좀 자."

"아냐, 됐어."

지칠 법한데도 상준의 열정은 꺼질 새가 안 보였다.

"숙소에서 잠깐 쉬고 있어. 너네 오후에 안무 수업 있지?"

"네에."

"아악, 너무 바쁘다."

송준히 매니저가 차의 시동을 거는 사이에도, 상준은 휴대전화를 움켜쥔 채 정신없이 무언가를 외우고 있었다.

"뭐야?"

"안무."

상준은 이어폰을 낀 채 콧노래를 흥얼거렸다.

「Walk&Work」의 첫 소절이 상준의 귓가에 울려 퍼졌다.

자신의 목소리를 듣는 게 조금 버겁긴 하지만, 그와 별개로 노래는 정말 좋았다.

'힘이 나네.'

Keep going
힘을 내어 걸어갈래

노랫말대로 지금의 상준은 힘을 내어 걸어가고 있었다.

자신을 옭아매고 있던 과거의 족쇄가 풀리는 느낌.

신기하게도 이 노래를 들을 때면 그런 느낌을 받는다.

"으음."

가볍게 리듬을 타던 상준은 짧은 사이에 안무의 포인트를 모두 체크해 냈다.

"여기서 이렇게 들어가고."

"으음, 이게 포인트네."

끊어지지 않고 바로 다음 동작으로 이어지는 방법을 유심히 확인하던 상준은 힘차게 고개를 끄덕였다.

"괜찮은데?"

열심히 흥얼대던 상준이 귀에 꽂힌 이어폰을 빼고 고개를 들었을 때, 그의 시선이 유찬에게로 향했다. 막대 사탕을 오물거리며 선우와 놀고 있는 제현. 혼자서도 즐거운 텐션으로 날뛰고 있는 도영까지. 모두들 원래의 모습인데…….

"……."

유찬만 유독 평상시와 달랐다.

'피곤한가?'

특별히 기분이 다운되어 보이는 얼굴은 아니었다.

평상시보다 초췌한 걸 보니 빡센 스케줄 때문인 모양이라고, 상준은 조용히 혼자 결론 내렸다.

우우웅.

차가 빠르게 숙소에 도착하자마자, 송준희 매니저는 고개를 빼꼼 내민 채 멤버들에게 당부했다.

"이따가 7시에 수업이야?"

"네에."

"알았어. 그때 데리러 올 테니깐 잠깐 쉬고 있어."

"예에에. 나랑 게임할 사람? 엄유찬?"

도영의 호들갑에 조용히 하라고 타박을 줬을 유찬이지만, 아무런 대답도 돌아오지 않았다.

"왜? 너 티어 올린다고 하지 않았냐. 지난주에."

"난 먼저 가서 잘게."

"아?"

멤버들 중에서 상준 다음으로 체력이 좋은 유찬이다.

하지만, 오늘따라 유독 피곤해 보이니 굳이 건드릴 필요는 없었다.

도영은 해맑게 손을 흔들었다.

"그래라. 선우 형, 선우 형! 게임 한판?"

"나 배고파."

"간식 몰래 사 올까."

"그거 굿 아이디어네."

숙소 문을 열고 들어서자마자 갑자기 노선을 바꾸는 도영과 선우.

도영은 급하게 신발 끈을 묶고선 다시 뛰쳐나갔다.

"나 갔다 온다, 다들 필요한 거 있음 말해!"

"사탕! 사탕!"

"너는 안 말해도 알고, 상준이 형은?"

"……."

"음, 필요 없군."

피식 웃으며 숙소를 나서는 둘.

그 와중에도 상준은 영상을 틀어놓고선 안무를 복기하고 있었다.

제현은 그런 상준을 물끄러미 바라보다가 슬쩍 말을 걸었다.

"형, 뭐 해?"

"너도 할래?"

으음.

괜히 말을 건 모양이었다.

제현은 열정 가득한 상준의 눈길을 피하며 화제를 돌렸다.

"그런데 유찬이 형 피곤한가."

"그렇다던데."

이미 굳게 닫힌 방문.

방문을 가만히 응시하던 제현은 초콜릿을 입안에 밀어 넣으며 어깨를 으쓱였다.

"뭐, 별일 없겠지."

*　　　　　*　　　　　*

연습은 저녁 식사를 간단히 때우고 곧바로 이루어졌다.

탑보이즈의 안무를 담당하는 트레이너 정영기.

정영기 선생은 손을 흔들며 멤버들을 불러 모았다.

"다들 오늘 괜찮아?"

"네?"

"아니, 유찬이는 안색이 좀 안 좋네."

그의 눈에도 바로 시선이 간 건 유찬이었다.

"으어… 방금 자다 깼습니다."

유찬은 부스스해진 머리를 손으로 쓱쓱 쓸어내리며 간신히 자리에 섰다. 한눈에 봐도 자다 깬 얼굴이긴 했다. 정영기 선생은 피식 웃으며 멤버들의 상태를 살폈다.

"그래 보이네. 자, 다들 연습은 해 왔나?"

"크으, 물론이죠. 또 제가 완벽한 안무를……."

"차도영, 너는 입만 살아 있고."

"와, 쌤. 너무한 거 봐."

도영은 투덜대며 뒷짐을 지고 섰다.

나름 열심히 연습했다며 이어지는 도영의 말을 커트하고선, 정영기 선생은 곧바로 안무 체크에 들어갔다.

"너네 에펠 안무부터 다시 체크하고 들어가자."

"네에!"

"지난번에 보니까 좀 다듬을 부분이 있어서."

수없이 진행된 연습이었지만, 생방송 무대에서 실수라도 발생하면 큰일이다. 연말엔 지금 활동곡 말고도 기존 무대들도 선보일 기회가 많다 보니 연습량이 늘었다.

"이거 하고 너네 데뷔곡 들어가자."

"네, 알겠습니다!"

파워풀한 멜로디와 함께 울려 퍼지는 'EIFFEL'.

상준은 청량한 음색으로 노래의 시작을 열었다.

저 위로 올라가 보려 해
꿈꿀 수 없는 높은 탑이라고 해도

이미 많이 연습한 파트였기 때문에 막힘없이 술술 흘러갔다.

정 선생은 예리한 눈길로 사소한 부분들을 체크했다.

"어, 거기서 좀 더 역동적이게. 무대를 채우는 느낌으로 가란 말야. 너네 다섯이잖아."

"넵!"

"인원이 적은 만큼 빈자리라도 채워야지. 동작 크게 크게 해야 무대가 꽉 차 보인다."

"다시 갈까요?"

상준이 적극적으로 묻는 말에 정영기 선생은 고개를 까닥였다.

여러 안무 트레이너 선생님들 중에서도 가장 까다롭기로 유명한 그였다. 저만큼만 지적이 나오는 것도 어찌 보면 대단한 일이었다.

"자, 다시!"

「EIFFEL」의 몽환적인 멜로디가 흘러나오고, 노래는 유찬의 파트로 넘어갔다.

그래서 물었어
그곳은 어떠니 모든 게 다 보이니

유찬과 선우가 중앙에서 교차하며 랩을 주고받는 파트.

본인의 파트는 완벽하게 소화했는데.

"아……!"

"다시."

정작 동선을 찾아가는 부분에서 실수하고야 말았다.

정영기 선생은 인상을 찌푸리며 곧바로 노래를 커트했다.

충분히 집중하면 넘어갈 수 있는 파트임에도 실수했다는 게 여간 마음에 들지 않는 눈빛.

"엄유찬."

"네."

"잠이 아직 덜 깬 거 같은데?"

"아, 아닙니다."

유찬은 굳은 얼굴로 답했다.

정영기 선생은 그에게 눈길도 주지 않은 채 다시 노래를 틀었다.

"자, 집중하고."

빛이 보였어
그곳에 함께해 줘
Dream the top
나도 올라설 수 있을까

이번엔 중반부까지 별다른 실수 없이 「EIFFEL」이 진행되었다. 점점 격정으로 치닫는 안무.

그곳에서 발견한 거야
나 혼자가 아니라는 걸

템포가 빨라지던 순간.

"……"

뒤쪽에 서 있던 유찬이 반박자 늦게 들어갔다.

사소한 실수였지만 가만히 있을 정 선생이 아니다.

뚝.

MR을 꺼버린 정 선생은 한숨과 함께 말을 뱉었다.

"오늘 왜 그래?"

"…죄송합니다."

"다음 시간까지 연습 더 해 와."

기술적인 포인트를 짚어주려 했는데, 이렇게 되니 줄곧 잔소리만 하게 생겼다. 어려운 파트라면 모를까 집중하면 충분히 되는 부분을 저리 틀려대니, 정 선생도 답답한 건 마찬가지였다.

"네, 알겠습니다!"

잔뜩 굳은 얼굴로 연습을 마무리하는 탑보이즈.

"안녕히 가세요!"

"다음 주에 뵙겠습니다."

정 선생이 나가자마자, 선우는 유찬을 찾았다.

기가 죽어 보이는 유찬이 걱정되어서였다.

"괜찮아?"

"아, 진짜 괜찮아."

유찬은 피식 웃으며 머리를 긁적였다. 괜히 자신 때문에 가만 있던 멤버들까지 혼난 것이 영 마음이 불편했다.

도영은 고개를 까닥이며 대수롭지 않게 말을 이었다.

"야, 오늘 울적한데 야식이나 땡길까? 엄유찬, 뭐 먹고 싶은 거 없어?"

"아."

잠시 고민하던 유찬은 손사래를 치며 뒤로 물러섰다.

"먼저 가서들 먹고 있어."

"어?"

유찬이 야식을 마다하다니.

상준은 놀란 눈을 번쩍 떴다.

유찬은 별일 아니라는 듯 시선을 돌리며 말했다.

"좀 더 연습하고 가게."

"아."

본인이 연습한다면 말릴 이유는 없었다.

상준은 헐떡이며 고개를 끄덕였다.

"그래, 우리 먼저 가 있는다?"

"먹을 거 안 남겨놓을게!"

"야, 차도영."

"한 입만 남겨놓을게!"

*   *   *

"아, 진짜 맛있다."

"유찬이 형 거 남겨놨어?"

"어, 한 조각."

열심히 오물거리며 당당히 내뱉는 도영.

선우는 도영을 옆으로 밀치며 타박을 던졌다.

"아니, 이것들아. 누가 다 처먹었어."

"도영이네. 차도영."

"나, 안 먹었는데?"

상준의 말에 도영은 억울하다는 듯 어깨를 으쓱였다.

다행히도 서너 조각 넘게 남아 있는 치킨이다.

선우는 또 장난쳤냐며 도영을 응징했다.

"악! 상준이 형! 리더가 폭행해요."

"……."

"권력남용… 아악!"

투덕거리며 치킨을 챙겨두고 있던 선우.

가만히 앉아서 깔깔대던 상준의 시선이 시계로 향했다.

어느덧 새벽 1시에 가까워진 시각.

"야."

정신없이 놀고 쉬느라 시간이 이렇게 흐른지도 몰랐다.

상준은 하얗게 질린 얼굴로 자리에서 일어났다.

"아니, 유찬이 왜 안 들어와?"

"어, 그러게."

치킨을 챙기다 말던 선우도 놀란 눈을 크게 떴다.

"제현아, 빨리 연락해 봐."

"연락 안 받던데."

"뭐?"

혼자 연습을 하기엔 제법 늦은 시간이다.

상준은 걱정스러운 얼굴로 휴대전화를 챙겼다.

"내가 가볼게."

"같이 가자."

사생팬들이 조금씩 늘어가고 있던 상황이기도 했고, 공인의 입장을 빼고 나서서도 이 시간까지 안 들어오니 퍽 걱정이 되었다.

"유찬아, 엄유찬!"

송준희 매니저에게 먼저 전화를 하려다가, 곧바로 JS 엔터 연습실로 향한 상준과 선우. 불안해서 한달음에 달려온 둘에게는 다행히도, 연습실 불은 멀리서부터 환하게 켜져 있었다.

"와, 진짜 아직도 연습하고 있었던 거야?"

선우는 무슨 일이냐는 듯이 혀를 내둘렀다.

아까 정영기 선생에게 들은 꾸지람에 잠시 각성이라도 한 모양이었다.

"빨리 끝고 가서 치킨이나 먹이자."

상준은 피식 웃으며 연습실 문을 열어젖혔다.

그리고.

"야……! 엄유찬!"

연습실 안을 확인한 상준의 두 눈이 동그래졌다.

*　　　　　*　　　　　*

땀을 뻘뻘 흘리면서도 연습을 이어가는 유찬.

강렬한 리듬 속에서 곧 쓰러질 사람처럼 연습을 하고 있으니, 상준이 경악할 수밖에 없었다.

"뭐 해?"

상준은 당황한 낯빛으로 황급히 노래를 꺼버렸다.

뚝.

노래가 꺼지자마자 유찬은 놀란 눈으로 고개를 돌렸다.

"언제 왔어?"

"뭐 하는 거냐고."

상준이 인상을 찌푸리며 묻자 이해가 안 간다는 듯 어깨를 으쓱이는 유찬이다.

"뭐 하긴. 연습하잖아, 지금."

"그게 아니라."

한눈에 봐도 지친 기색이 역력했다.

금방이라도 쓰러질 듯한 얼굴을 하고선 해맑게 연습을 하고 있는 중이었다니. 평소에도 열정이 넘쳐흐르는 상준이지만 이건 용납할 수 없었다.

"너무 무리하는 거 아니야?"

"······."

그 순간, 벽에 기대서 서 있던 유찬이 앞으로 고꾸라졌다.

"아."

"야, 엄유찬."

선우도 걱정스러운 눈길로 유찬을 바라보았다. 다행히도 금세 균형을 잡은 유찬은 대수롭지 않다는 듯 말을 뱉었다.

"다리에 힘 풀려서 그래."

그 말을 하는 중에도 연신 거친 숨을 내뱉는 유찬이다.

상준은 한숨을 내쉬며 유찬을 설득했다.

"무리해서 좋을 거 하나 없다니까."

"에이, 언제는 연습하라 해놓고서."

애써 분위기를 풀어보려 장난스럽게 말을 뱉는 유찬이었지만, 이번만큼은 통하질 않았다. 상준은 고개를 절레절레 저으며 말을 이었다.

"딱 멀리서 보는데 너 쓰러지는 줄 알았잖아."

지금 시간이 새벽 1시 반이다.

수업이 8시 반에 끝났으니 거의 5시간이 지난 상태였다.

그런데.

"설마 다섯 시간 동안 쉬지 않고 연습한 건 아니지?"

상준은 인상을 찡그리며 유찬에게 넌지시 물었다.

유찬은 피식 웃으며 고개를 저었다.

"설마 그랬을까 봐. 내가 그렇게 무식한 줄 알아."

"무식하지. 네가 도영이보다 더 무식한 거 같아."

"와, 너무했다."

"차도영은 지 몸 봐가면서 하는데 넌 아닌 거 같아서."

상준은 주머니에 손을 찔러 넣은 채 혀를 찼다.

요즘 들어 유찬이 영 이상해서였다.

아까 인터뷰 때도 그렇고, 돌아올 때도 그렇고.

요 며칠 바빠진 스케줄에 유찬은 반쯤 넋이 나간 사람 같았다.

'좀 쉬어야 하는데.'

도통 말이 없다가 스케줄만 끝나면 기절한 사람처럼 쓰러져 자는 것까지.

분명 뭔가가 있는데 말을 하지 않는다.

선우 역시 이상함을 눈치챘는지 유찬을 재촉했다.

"진짜 뭔 일 있어?"

"아니야."

유찬은 단호하게 고개를 저었다.

"아까 쌤이 하시는 말씀도 그렇고, 좀 부족한 게 있어서. 그거 메꾸려고 오랜만에 연습 좀 한 거야. 혼자 하는 게 편해서."

"으음."

저렇게까지 부인하는데 딱히 할 말이 없다.

상준은 턱을 쓸며 어쩔 수 없이 고개를 끄덕였다.

괜히 정적이 맴도는 연습실에, 유찬은 태연하게 말을 뱉었다.

"같이 맞춰볼래?"

"아니다, 사양할게."

1초 만에 즉각적으로 나오는 대답.

기진맥진한 얼굴로 서 있는 유찬을 자칫 놔뒀다가는 진짜 쓰러질 듯 위태로워 보여서였다.

"……."

물어보고 싶은 건 많았지만.

지금 물어볼 여력은 없어 보였다.

숨을 헐떡이는 유찬을 돌아보며, 상준은 말을 툭 던졌다.

"됐다, 가자."

*　　　　*　　　　*

JS 엔터의 회의실.

탁자의 중앙에 앉은 조승현 실장이 먼저 말을 꺼냈다.

"요즘 스케줄 바쁘지?"

「무인도의 법칙」 뒤로 여러 스케줄 제안이 들어온 데다가, 연말을 앞두고 스케줄도 몰린 터라 바빠진 탑보이즈다.

조승현 실장이 걱정스럽게 묻는 말에 상준이 해맑게 말을 뱉었다.

"저는 괜찮아요. 좀 더 있어도……."

"상준이 형 입 막아!"

"막아!"

탑보이즈의 공식 에너자이저 상준.

다른 멤버들은 기겁하며 상준의 입을 막기 바빴다.

그 와중에 상준의 편을 드는 멤버가 하나 있었다.

바로 유찬이었다.

"저도 할 만해요."

"야, 네가 가장 피곤해 보여."

도영의 타박에, 유찬은 머쓱한 미소를 지으며 머리를 긁적였다.

"그런가."

"어, 완전."

멤버들의 얘기를 듣던 조 실장은 웃으며 본론을 꺼내놓았다.

사실 이렇게 멤버들을 부른 이유는 따로 있었다.

"너네 데뷔 리얼리티 있잖아."

"아, 상준이 형이 셰프 되는?"

"매니저님은 길치가 되셨지……."

하필 첫 등장인 데뷔 리얼리티부터 팬들에게 강한 인상을 심어준 바람에, 송준희 매니저는 온탑 공식 길치가 되고 말았다.

도영은 깔깔거리다가 두 눈을 동그랗게 떴다.

"그, 근데, 그 얘기를 지금 왜……."

"너네 리얼리티를 하나 더 해보려고 하는데."

"지금요?"

"팬들이 다시 해달라고 하도 그래서."

컴백했는데도 쓸 만한 떡밥이 없다며 하소연하고 있는 온탑이었다.

그도 그럴 것이 라디오 스케줄은 많은데 리얼리티 스케줄이 거의 전무했다. 그나마 몇 개 안 되는 것도 상준 혼자서 나가거나 몇몇 멤버들만 나갔으니.

"소속사 일 안 한다고 욕을 하도 먹었단다."

"어쩐지. 실장님 요즘 팍 늙으셨……."

"뭐?"

"아, 아니에요!"

도영은 뒤늦게 손사래를 쳤다.

조승현 실장은 황당함에 눈을 굴리다 다시 말을 이었다.

"여튼 그래서 새로 리얼리티를 해볼까 하거든."

"전 좋아요."

"저도."

스케줄이 바쁘긴 해도, 팬들이 저리 원하는데 무시할 수는 없었다. 특히 신인이기에 더했다.

대다수의 대중들은 쉽게 등을 돌린다. 그들을 사로잡기 위해선 꾸준한 활동이 필요한 것도 사실이었다. 그렇기에 무리하지 않는 선에서라면 얼마든지 찬성이었다.

그런데.

"좀 빡세긴 하거든."

"무리네요."

"음, 무리구나."

조승현 실장의 한마디에 멤버들이 단체로 엎어졌다.

조승현 실장은 마저 들어보라며 꿋꿋이 말을 이어나갔다.

그의 손에 들린 서류엔 기획 팀에서 보내온 리얼리티 컨셉이 담겨 있었다.

"새로운 도전들을 하는 컨셉이거든."

"오, 안 해본 것들요?"

조승현 실장의 한마디에 멤버들이 단체로 눈을 반짝였다.

도영은 신이 난 목소리로 중얼거렸다.

"재밌는 거 했으면 좋겠다. 막 피시방에서 24시간 생활하기, 이런 거."

"도영아, 네 희망 사항 얘기하지 말고."

"히익, 들켰네요."

무슨 도전인지는 나와 있는 바가 없었다.

조승현 실장은 종이를 한 번 쓰윽 훑고선 말했다.

"너네 데뷔일이 6월 21일이잖냐."

"네, 그렇습니다!"

"그래서……."

이어지는 조 실장의 말에, 멤버들은 그가 왜 빡세다고 했는지 직감했다.

"21가지 도전으로……."

"퇴사하겠습니다."

"저도요."

나란히 손을 흔드는 도영과 제현.

장난 삼아 내뱉는 말인데 반쯤 진심이 묻어 있었다.

도영은 기겁하며 종이를 펄럭거렸다.

"아니, 실장님. 스물한 가지는 투 머치입니다."

"동감합니다. 6월 21일 데뷔면 여섯 가지 하면 되잖아요."

"맞네. 이걸 왜 일수로 가지?"

쏟아지는 불만들.

조승현 실장은 다급히 멤버들을 진정시키며 노선을 바꿨다.

"그래, 그럼 여섯 가지."

한발 물러선 조 실장의 말에 생글거리는 도영과 제현이다.

조승현 실장은 못 말린다는 듯 혀를 내두르며 말을 이었다.

"여섯 가지로 하고. 의견 좀 내봐."

"24시간 피시방."

"기각."

"체엣."

괜히 손을 흔들대던 도영은 김이 빠진 표정으로 고개를 숙였다.

잠시 고민하던 선우가 웃으며 손을 들었다.

"봉사활동 어때요? 보람차고 의미도 있으니까."

"아, 형이 그러면 내가 뭐가 되냐."

"푸흡."

도영과는 상반되는 제안에 옆에서 지켜보고 있던 상준은 웃음을 터뜨렸다. 도영은 투덜대며 작게 중얼거렸다.

"하, 진정한 이 시대의 도덕책이군."

"의견 더 없어?"

일단 나오는 의견마다 열심히 메모하고 있는 제현이다.

상준은 그런 제현의 어깨를 치며 의견을 물었다.

"으음."

펜을 돌리며 고민하던 제현은 천천히 입을 열었다.

"내가 얼마 전에 책을 읽었는데. 그 책 내용이 좀 괜찮은 거 같아."

"무슨 책?"

"헨… 헨들과 그레텔?"

음?

책 제목을 들은 상준의 동공이 빠르게 흔들렸다.

"그럴 리가. 다시 생각해 봐, 제현아."

"헨… 헨들."

헨젤과 그레텔이라면.

제현의 머릿속에서 나올 뒷이야기를 짐작한 상준은 탄식을 터뜨렸다.

설마 과자로 만든 집을 떠올리기라도 하는 걸까.

제현은 행복에 빠진 표정으로 말을 이었다.

"나도 그런 집에서 살고 싶다. 돈 벌어가지고."

"으음."

내 집 장만의 꿈이 이상한 방향으로 흐르고 있는 모양인데.

상준이 머리를 긁적이는 사이, 제현은 노트에 본인의 아이디어를 메모하고 있었다.

[헨들과 그레텔.]

다들 이렇게 제대로 낸 의견을 내지 않고 있으니 기댈 사람이라고는 남은 둘밖에 없다.

"후우."

짧은 한숨을 내쉬던 조승현 실장은 상준과 유찬에게로 시선을 돌렸다.

그런데.

"……"

꾸벅꾸벅.

앉아서 졸고 있는 유찬.

조승현 실장은 너털웃음을 터뜨리며 선우에게 말했다.

"야, 유찬이 좀 깨워봐라."

"아, 일어나 봐."

"얘가 요즘 피곤한가 봐요. 계속 저러던데."

뒤늦게 일어난 유찬은 비몽사몽 한 얼굴로 두 눈을 끔뻑였다.

어제 새벽 1시까지 연습했으니 피곤할 만도 했지만.

무언가 이상함을 짐작한 건 조승현 실장도 마찬가지였다.

"야, 유찬아."

금방 쓰러질 사람처럼 위태로워 보이는 분위기.

조승현 실장은 인상을 찌푸리며 말을 뱉었다.

"…너, 괜찮냐?"

*   *   *

유찬을 어려서부터 봐온 조승현 실장이다.

유난히 승부욕이 엄청난 아이. 그만큼 자존심을 쉽게 굽히지 않는 녀석이기도 했다. 사실 상준이 들어오기 전만 해도, 열정이라면 유찬을 따라갈 자가 없었다.

'그래도 좀 나아졌는데.'

그 지나친 승부욕이 커다란 부담으로 다가올 걸 우려했던 조승현 실장이었다. 다행히도 유찬의 승부욕은 데뷔조가 된 후 확실히 사그라들었다.

"후우."

하지만, 아까 본 모습은 예전의 유찬 같았다.

연습생 시절, 본인을 인정받기 위해서 과도하게 무리했던 모습.

"요즘 스케줄이 많긴 했지."

그렇다고 해서 저 정도까진 아니었다.

컴백 후로 바빠진 탑보이즈긴 했으나, 유찬은 하지 않아도 되는 일까지 몰아서 하는 모양이었다.

"유이앱……."

요 며칠 사이 그 바쁜 스케줄 속에서도 팬들을 위한 단독 유이앱을 여러 번이나 진행했고, 멤버들 말에 따르면 새벽까지도 연습을 했다고 하니 걱정될 수밖에 없었다.

"뭐가 문제일까."

갑자기 무리하기 시작한 유찬.

조승현 실장은 창밖을 내다보며 깊은 생각에 잠겼다.

뜨거운 커피 한 잔을 홀짝이던 조 실장은 대강 결론을 내렸다.

백 번 고민할 바에야, 직접 물어보는 게 빠르다.

연락처 목록을 살피던 조승현 실장은 조심스럽게 전화를 걸었다.

뚜루루루.

긴 발신음이 이어지고, 딸깍 소리와 함께 유찬이 전화를 받았다.

―네, 실장님.

전화에서조차 피곤함이 느껴지는 목소리.

조승현 실장은 걱정스러운 표정으로 말을 꺼냈다.

"지금, 좀 올래?"

그가 무슨 말을 꺼낼지 짐작했는지 이내 이어지는 침묵.

—…….

한참을 망설이던 유찬은 천천히 말을 뱉었다.

—네, 갈게요.

*　　　　*　　　　*

"무슨 일 있니."

조승현 실장의 묵직한 한마디가 울려 퍼졌다.

유찬은 어색한 미소를 지으며 부정했다.

"아뇨, 별일 없는데요."

"거짓말은 하지 말고."

조승현 실장은 한숨을 내쉬며 유찬에게 타박을 던졌다.

"야, 내가 너를 몇 년을 봤는데."

"진짜 괜찮아요."

이렇게 강하게 부정하면 그냥 보내줄 줄 알았는데.

오늘의 조승현 실장은 그럴 기미를 안 보였다.

어떻게 해서든 솔직한 유찬의 생각을 듣고야 말겠다는 집요함.

"애들이랑 싸웠어?"

"그럴 리가요."

"스케줄이 버거워? 그런 건 말해줘야 알지."

"그것도 괜찮아요."

뭐라고 묻든 괜찮다고만 말하는 유찬이 답답했다.

"후우."

조승현 실장의 눈에 유찬은 어릴 적 모습 그대로였다.

처음 JS 엔터 오디션을 보며 두 눈을 반짝이던 당찬 어린아이.

그 모습이 지금의 유찬에 겹쳐지자, 조승현 실장은 저도 모르게 말을 뱉었다.

"그냥 솔직하게 말해봐."

진심이 담긴 한마디.

줄곧 고개를 젓던 유찬도 멈칫했다.

'말해야 할까.'

그동안 항상 자신을 챙겨주며 신경 써왔던 조승현 실장이다.

그한테까지 속마음을 숨기긴 버겁다는 생각에, 잠시 고민하던 유찬은 힘겹게 입을 열었다.

"뭐랄까."

부쩍 많아진 스케줄.

절대 그게 버겁지 않은 건 아니었다.

매번 최선을 다해서 따라갔던 스케줄이지만, 늘 유찬의 마음 속엔 걱정이 자리하고 있었다.

"제가 여기서 힘을 탁 놔버리면 돌아오지 못할 거 같았거든요."

번아웃이라도 온 걸까.

지쳐 보이는 유찬에게서 진심 어린 말이 흘러나왔다.

"그래서 더 몰아쳤던 거 같아요."

그 이유라면.

조승현 실장은 슬픈 미소와 함께 말을 던졌다.

"그래, 알았다."

　　　　　*　　　　　*　　　　　*

　말하라고 해서 말하긴 했지만, 그 말을 꺼냈던 유찬의 마음도
마냥 편한 것만은 아니었다. 유찬은 깊은 한숨을 내쉬며 숙소에
들어섰다.

　"어, 얘기 잘하고 왔어?"

　"실장님이 왜 부르신거야?"

　"……."

　멤버들의 말을 뒤로하고 유찬은 곧장 방으로 들어갔다.

　그런 유찬을 반기는 푹신한 침대.

　"으."

　일단 침대에 몸을 던진 유찬은 깊은 생각에 빠졌다.

　'왜 이러고 있는 걸까.'

　어딘가에서부터 잘못되고 있다는 사실은 누구보다 유찬 본인
이 잘 알았다. 연습생 때부터 유독 자신을 조여오던 부담감. 그
이유가 욕심 때문이라는 것도.

　더 잘해보고 싶어서. 더 열심히 하고 싶어서.

　스스로를 재촉했던 일이 이젠 조금 버거웠다.

　"으음."

　요 며칠 몰아치던 스케줄에 마음이 조급해졌던 건 사실이지만.
조승현 실장이 대강 짐작한 거와는 달리, 그게 다가 아니었다.

　조 실장이 걱정할까 봐 마지막까지 차마 하지 못했던 말.

　유찬은 휴대전화를 들어 댓글을 확인했다.

—저 갈색 머리는 누구임?

└유찬이잖아

└아…….

└쟤는 뭘 잘해?

악플에 의연해져야 한다는 것쯤은 알고 있었다.

공인이라는 자리에 있으면서 수많은 댓글들을 마주해야 한다는 것도.

심지어.

"별 내용도 아니잖아."

'쟤는 뭘 잘해?'

악플이라고 말하기에도 애매할 정도로 담담한 물음.

하지만, 그 한마디가 계속 유찬의 머릿속을 흔들었다.

"이런 거 한두 번 본 것도 아니잖아."

메인 래퍼이자, 리드댄서로 활동하고 있는 유찬이다.

어려서부터 랩 실력이라면 어디 가서도 밀리지 않았다.

근거 없이 비난하는 악플일 뿐이다.

그러니 뭘 잘하냐는 물음엔 당당하게 답할 수 있다고 생각했다.

그런데.

그 말에 자꾸만 주눅이 들었다.

'뭘 잘하냐고.'

탑보이즈가 인지도를 가지게 되면서 자연히 악플도 섞였다.

어쩌면 당연한 말이었다.

모두가 자신을 좋아할 수는 없으니까.

댓글 반응을 실시간으로 확인하는 멤버들이 거기에 있어 상처를 받긴 했지만, 누구도 내색하는 사람은 없었다.

"다들 비슷하겠지."

모두가 참고 있는 거라고.

그렇게 버티면서 살아가는 거라고.

도영 못지않게 긍정적인 유찬도 그렇게 믿어왔었다.

하지만, 쉼 없이 돌아가는 스케줄 속에서 지쳐가서였을까.

계속 그 한마디가 유찬의 머릿속을 떠돌았다.

"하."

조금의 휴식이라도 주어졌다면, 한결 나았을 것을.

그 짧은 휴식조차 부정했던 건 유찬이었다.

'이럴 때일수록 무너지면 안 돼.'

한 번 무너지면 끝도 없이 엎어져 있을 자신이다.

연습생 때도 그런 적이 있었고.

데뷔조에서 처음 떨어지던 날.

'한 달은 연습을 제대로 못 했지.'

그걸 알기에, 그 댓글을 보고도 스스로를 몰아쳤다.

쏟아지는 스케줄에 잠시도 쉬지 않았다.

'조금만 쉬면……'

그러면 훨씬 나아질 거라는 걸 알면서도, 두려워서 스스로를 놓지 못했다.

그리고, 깨달았다.

지금의 자신은 지쳐 버렸다는 걸.

"아, 피곤하네."

새벽까지 계속된 연습.

베개에 얼굴을 파묻기만 해도 잠이 쏟아질 것만 같았다.

그 순간, 벽에 붙여둔 글귀가 유찬의 눈에 들어왔다.

'피할 수 없으면 즐겨라.'

데뷔할 때부터 머리맡에 항상 붙여두고 잤던 유찬의 좌우명이었다.

유찬은 피식 웃으며 포스트잇을 떼어내었다.

'다 의미 없는 소리.'

연습생 때 마음을 가다듬으면서 늘 중얼거리던 말인데.

정작 데뷔한 지금도 못 지키고 있다.

유찬은 포스트잇을 주머니에 쑤셔 넣고선 베개에 머리를 기대었다.

"후우."

방 밖에선 멤버들의 말소리가 들려왔다.

무언가 신이 났는지 깔깔대며 즐거워하는 멤버들.

구겨진 포스트잇을 아무렇게나 던져둔 유찬은 어깨를 으쓱였다.

"쟤네는 괜찮으려나."

정말 피할 수 없어서 즐기는 건지.

자신처럼 즐기는 척을 하는 건지.

유찬은 퍽 궁금해졌다.

하지만, 이내 그런 호기심은 사라졌다.

'뭐 다들 괜찮겠지.'

자신이 하는 고민과는 전혀 다른 생각을 하고 있을 거라고 짐작한 유찬.

하지만, 이번만큼은 유찬의 생각이 틀렸다.

밖에선 그가 상상하지도 못할 엄청난 얘기가 오가고 있었으니까.

* * *

"여기가 안전하겠지?"

"좋다, 좋다."

혹시나 유찬에게 얘기가 들릴까 봐 잠시 고민하던 멤버들은 숙소를 비웠다. 유찬에게는 장을 보고 오겠다는 문자를 남겨두고, 그들이 도착한 곳은 JS 엔터의 연습실이었다.

"자, 다들 하나씩 마저 얘기해 봐."

선우가 심각한 얼굴로 턱을 괴며 말했다.

아까부터 줄곧 오가던 이야기의 주제는, 다름 아닌 유찬에 대한 토론이었다.

"오늘의 토론 주제는, 유찬이를 살려라……!"

"와, 비장해."

"그러니까 마저 의견 내보라고."

유찬이 조승현 실장과 상담을 하러 가기 전, 멤버들은 이미 그에 대한 귀띔을 듣고 난 뒤였다. 선우가 리더답게 신속히 상황을 요약했다.

"실장님이 당분간 스케줄은 줄여준다고 하셨는데, 그 시간에 바깥바람 좀 쐬라고 하셨거든."

"바깥바람이 직빵이지."

"우리 여섯 가지 도전하는 걸로 핑계 대고 끌고 가라는데."

마침 예정되어 있던 리얼리티도 있으니, 그걸 핑계 삼아 제대로 놀고 오라는 게 조승현 실장의 제안이었다.

'갑자기 놀고 오라고 하면 믿지도 않을 테니.'

조승현 실장의 판단은 그럴싸했다.

모든 게 완벽히 갖춰진 상황.

이제는 도전할 종목만 정하면 된다.

선우는 진지한 목소리로 진행을 이어갔다.

"기분 전환 되면서, 부담까지 확 날려 버릴 만한 게 뭐가 없을까?"

"으음."

조승현 실장과의 회의에서도 쉽게 의견을 내지 못했던 멤버들이었다.

24시간 피시방이라는 헛소리만 늘어놓던 도영도 제법 진지한 표정으로 의견을 제시했다.

"봉사활동."

"야, 따라 하지 말고."

"아, 들켰네."

이미 그건 여섯 가지 도전 중 하나에 포함되었다며 말을 덧붙이는 선우다.

그래도 이번엔 유찬을 위한 휴가이니만큼, 오랜만에 바람을 쐬는 걸로 선정하고 싶었다.

"아, 형."

잠자코 앉아 있던 제현이 눈을 반짝이며 손을 들었다.

제현의 의견이라면 항상 흐뭇한 미소로 듣는 선우지만.

"난 얘가 이러면 좀 무섭더라."

잔뜩 신나서 꺼내는 말 중에 한 번도 정상적인 게 없었다.

그런 불길함은 현실이 되었다.

"유찬이 형이 까마귀잖아."

"아······?"

"날 수 있게 해주면 어떨까?"

상준은 두 눈을 끔뻑이며 되물었다.

"뭐, 뭘로?"

"과학책을 읽었는데."

헨젤과 그레텔에 이어 또 괴상한 책을 읽어 온 모양이었다.

어쩐지 요즘 들어 위인전을 정독하고 있더라니.

상준이 혼란스러운 눈빛으로 바라보는 것도 모르고, 제현은
해맑게 말을 이어갔다.

"나이팅게일이 날개를 만들어서 날았대."

"아?"

"와, 역시 제현이가 똑똑하네."

당황한 맏형 라인과는 달리 도영은 기특하다는 듯 제현의 머
리를 쓰다듬었다.

"얘 천재인가? 어떻게 그런 것도 알지?"

"으음."

대충 뭘 말하고자 하는 건지는 알겠는데.

상준은 식은땀을 흘리며 제현의 지식을 정정했다.

"나이팅게일이 아니라 라이트형제 아닐까?"

"아, 맞다. 이름이 비슷해서."

대체 어떤 포인트가 비슷한 건지는 모르겠다.

한없이 당당하게 덧붙이는 제현의 말에, 상준은 생각하기를

포기했다.

"둘 다 외국인이잖아."

"아, 그래."

이름은 둘째 치고서라도 날개를 만들어서 날게 하자니.

상준은 제현의 등을 토닥이며 말을 이었다. 아직 20세기에 멈춰 있는 동생을 위한 조언이었다.

"요즘은 패러글라이딩이라는 게 있거든."

"날개는 만들어야 재밌지."

스릴 넘친다며 해맑게 말을 얹는 제현.

이어지는 말은 한층 더 충격이다.

"아, 어렸을 땐 과학자 하려고 했는데."

저 녀석이 아이돌이 되게 해주셔서 감사합니다.

상준은 하늘에 절을 하고 싶은 욕구를 간신히 누르며 화제를 돌렸다.

"애들아, 조금… 안 죽을 만한 거 없을까?"

스트레스를 날리려다가 애를 날려 버리게 생겼다.

상준의 다급한 제안에 고민하던 도영이 번쩍 손을 들었다.

"아, 이거다. 이거 대박이야, 형."

"일단 들어보고 판단할게."

도영이라고 썩 믿을 만한 아이디어를 내거는 건 아니었기에, 상준은 신중한 표정으로 고개를 까닥였다.

도영은 침착하게 자신의 의견을 피력했다.

"자, 우선. 첫 번째, 유찬이를 살려야 해."

"아니, 무슨 당연한 소리를."

나름 토론 주제가 '유찬이를 살려라'인데, 죽이려는 대안들만 줄줄이 나오니. 너무도 당연한 도영의 말에 선우는 황당한 웃음을 터뜨렸다. 도영은 꿋꿋하게 뒷말을 이어나갔다.

"두 번째, 밖에서 바람 쐴 만한 거."

"그렇지. 기분 전환 해야 하니까."

도영은 세 번째 손가락을 펴 보이며 마지막 말을 강조했다.

"자, 마지막으로."

모두의 시선이 도영에게로 쏠린 상황.

유찬이 들었으면 혈압이 올랐을 소리가 뻔뻔하게 흘러나왔다.

"유찬이가 고통받아야 해."

"아니, 왜?"

"그냥 내 즐거움?"

와.

상준의 입에서 탄식이 튀어나오자 도영은 고개를 갸우뚱해 보였다.

"뭐가 문제야?"

"아니, 네 인성에 감탄했어."

"형, 인성이 아름다워."

그렇게 말하면서도 메모를 잊지 않는 제현.

[도영이 형은 멍청하고 인성이 아름답다.]

"아무튼 다들 들어봐. 이 모든 걸 고려한 내 제안은……."

도영의 입에서 의미심장한 한 단어가 튀어나왔다.

"번지점프."

그렇게 유찬의 운명이 결정되었다.

*　　　　*　　　　*

"자, 출발!"

오랜만의 외출에 잔뜩 신이 난 탑보이즈.

멤버들이 단체로 함성을 내지르는 동안, 유찬만 영문 모를 표정이 되었다.

"그래서 오늘 어디 가는데?"

오늘 야외 스케줄이 있을 테니 푹 자두라는 말만 들었을 뿐, 리얼리티 촬영이라는 것 외에 유찬은 들은 바가 없었다.

"형은 알아?"

선우를 향한 물음에, 선우는 어색한 미소를 지어 보였다.

"그, 글쎄?"

"다들 몰라?"

"와아아아, 외출이다!"

이미 텐션은 성층권을 뛰어넘은 상태니 더 물을 것도 없었다.

기획 팀에서 이미 계획을 다 짜뒀을 거라 생각한 유찬은 말을 아꼈다.

'뭐지.'

자신만 빼고 모두가 알고 있을 거라고는 상상조차 못 한 유찬.

그런 그가 조용히 창밖을 내다보고 있을 때였다.

가만히 앉아 있던 제현이 슬쩍 유찬에게 물음을 던졌다.

피할 수 없으면 즐겨라 153

"형, 혹시 하늘을 날고 싶어?"

이건 또 무슨 뜬금없는 질문이란 말인가.

선우가 놀란 눈으로 제현에게 눈치를 주었다.

하지만, 평상시에도 생뚱맞은 질문들을 자주 던지는 제현이기에 유찬은 별생각 없이 답했다.

"어렸을 땐 그랬지, 왜?"

유찬의 한마디에 생글거리는 제현.

진심 어린 제현의 목소리가 울려 퍼졌다.

"잘됐다."

아?

상황을 파악하지 못한 유찬이 눈을 굴리는 사이.

제현이 다시금 묵직한 한마디를 던졌다.

"축하해."

유감스럽게도.

정작 유찬은 그 말을 이해하지 못했다.

*   *   *

"…여기가 어디야."

한 시간을 꼬박 달려서 도착한 낯선 동네.

주변을 둘러보던 유찬은 불안해진 얼굴로 침을 삼켰다.

아무리 사방을 둘러보아도 눈에 들어오는 건 드넓은 강과…….

"저게 뭐야."

끝이 보이질 않는 번지점프대.

위험함을 직감한 유찬은 뒤로 물러섰다.

모든 걸 다 알고 있었던 멤버들은 태연하게 유찬의 어깨에 팔을 둘렀다.

"와, 유찬이 재밌겠다."

"나? 내가 왜?"

유찬은 자신을 손가락으로 가리키며 경악했다.

단체로 박수를 치며 즐거워하는 모습.

'설마.'

"아아아악!"

불길함을 직감한 유찬은 곧바로 옆에 있던 도영을 응징했다.

도영은 곡소리를 내지르면서도 해야 할 멘트를 빼놓지 않았다.

"선우 형! 형, 카메라 켜!"

"아, 오케이."

이럴 때만 착착 죽이 맞는 멤버들.

선우가 카메라를 들고선 해맑게 손을 흔들었다.

도영을 붙들고 있던 유찬도 반쯤 실성한 얼굴로 카메라를 응시했다. 눈치를 보아하니, 자신을 제외한 멤버들은 다 알고 있었던 모양인데.

"뭔데."

유찬은 해탈한 얼굴로 물었다.

넋이 나간 유찬과는 달리 선우와 상준이 침착하게 진행을 이어나갔다.

"자, 온탑 여러분들! 저희 첫 번째 도전이 결정되었는데요."

"바로 번지점프입니다!"

"와아아아!"

「DREAM ON TOP ─ Challenge」라는 이름으로 탑보이즈 공식 너튜브에 업로드될 영상. 도영은 상기된 목소리로 뒤편의 번지점프대를 소개했다. 평상시엔 리액션 위주로 담당하는 도영이지만, 오늘만큼은 신이 나서 술술 진행을 이어나간다.

"자, 여섯 개의 도전 중 첫 번째 도전인데요. 유찬이가 대표로 뛸 거거든요."

"야, 그런 게 어딨어!"

아무리 카메라가 켜져 있어도 할 말은 해야겠다.

유찬은 억울한 낯빛으로 말을 토해냈다.

"왜 탑보이즈 도전인데 나만 뛰어! 너네는? 너넨?"

"아."

유찬의 말이 마냥 틀린 말은 아니었다.

처음 의견을 냈던 도영의 안색이 창백하게 질렸다.

'그걸 생각 못 했네.'

도영은 황급히 말을 포장하기 시작했다.

"탑보이즈의 리드댄서이자 메인 래퍼!"

"크으, 엄유찬!"

"유찬이가 뛰어줘야 팬분들도 좋아하시지 않을까?"

"그게 무슨 논리야."

안타깝게도 안 먹힌다.

이대로라면 유찬에게 말려들겠다 싶었던 상준이 자연스럽게 나섰다.

"어차피 다섯 명 다 뛰는 건 무리니까 나랑 같이 뛰자."

"아?"

상준의 자원에 급격히 흔들리는 유찬의 동공.

거기에 겁 없는 제현이 말을 거들었다.

"나도, 나도!"

"이야, 막내도 하네."

무려 셋이나 되니 물러설 수가 없다.

유찬은 창백하게 질린 얼굴로 멤버들에게 끌려갔다.

"아아악, 나 진짜 싫어."

"할 수 있다! 할 수 있다!"

"그 말이 가장 싫어."

단호하게 투덜대는 유찬을 강제로 끌고선 해맑게 엘리베이터 앞에 다다른 상준. 유찬의 얼굴이 급격히 일그러졌다.

이대로는 꼼짝없이 뛰게 되었으니, 애써 침착함이라도 유지해 보고 싶어서였다.

"후우. 잠깐만 심호흡 좀 하고."

그래도 놀이기구는 곧잘 타는 유찬이다.

그렇다고 번지점프를 잘한다는 소리는 아니었지만.

"하."

멤버들 중 겁이 없는 편이긴 했지만, 난생 첫 번지점프는 버겁다.

"일단 올라가자."

해탈한 미소를 지으며 엘리베이터에 타는 유찬.

분명 바람을 쐬러 나온다 해서 좋아했더니만, 과도한 바람이 양 뺨을 때리고 간다.

강가 옆이어서인지, 아니면 높은 곳이어서인지는 모르겠지만.

올라오고 나니 서늘한 바람이 뼈까지 스며드는 것만 같았다.

"야, 이건 아니다."

아래를 내려다본 순간, 유찬은 질겁하며 뒤로 물러섰다.

대체 무슨 생각으로 스스로 동의서를 쓴 건지 의문이 들 지경이었다.

"너는 괜찮냐."

"아니, 사실 나도……."

문제는 나머지 둘의 상태도 그다지 좋지 않다는 점이었다.

분명 패기 넘치게 유찬을 따라나섰던 상준의 얼굴은 차갑게 식어 있었다.

"밑, 밑에서 볼 땐 몰랐는데. 높긴 높구나."

말을 살짝 더듬긴 하지만, 그나마 상준은 나은 상태였다.

겁 없이 내지르고 보던 막내는…….

"아아……."

쪼그려 앉은 채 걷질 못하고 있다.

유찬은 황당하다는 듯 말을 뱉었다.

"쟤는 왜 올라온 거야?"

"그, 그러게."

워낙 자신감 넘치게 말하기에 잘 뛸 줄 알았는데, 정작 걱정해야 하는 건 제현인 모양이었다. 상준은 한 손으로 카메라를 들고선 제현을 끌어당겼다. 간신히 일어난 제현은 아무 일 없었다는 듯 머리를 긁적였다.

"크흠, 할 만하네."

"너 아직 번지점프대 앞에도 안 섰어."

"으음."

잠시 고민하던 제현은 주머니에서 초콜릿을 꺼내 들었다.

덜덜 떨리는 손으로 초콜릿을 한입에 넣어버리는 제현.

그 모습을 본 상준은 피식 웃음을 흘렸다.

"겁먹었구만."

"아, 아니거든."

중요한 무대를 앞두고 긴장될 때나 하던 짓을 지금 하고 있다.

어차피 유찬을 날려 버리는 게 목표인 상황에서 굳이 무리를 할 필요는 없었다.

상준은 제현의 어깨를 토닥이며 말했다.

"무서우면 지금 내려가도 돼."

"아, 그래요? 안녕히 계세요."

"넌 이리 오고."

"아아악!"

이때다 싶어서 도망가려는 유찬.

상준은 그런 유찬을 붙들어두고선 제현을 돌아보았다.

걱정했던 것과는 달리, 제현은 금세 화색이 도는 얼굴로 말을 뱉었다.

"뭐, 한번 뛰어보지."

하지만, 그것도 잠깐의 패기일 뿐이었다.

가장 먼저 뛰겠다며 당당하게 나선 제현은 그대로 얼어붙었다.

"야, 쟤 왜 저래."

"으에에. 으어어……."

두 팔을 파닥거리는 제현을 보며 상준은 고개를 갸우뚱했다. 날고 싶다더니 정말 두 팔로 날기라도 할 셈인가.

"어떻게 할 거야."

한 십 분 넘게 미동도 없이 멈춰 있으니 걱정이 되었던 상준이다. 상준이 묻는 말에 어깨를 떨던 제현이 고개를 돌렸다.

그 순간.

"어?"

상준은 놀란 눈을 크게 떴다.

"울, 울었냐."

"흐어어……."

분명 유찬의 스트레스를 날리기 위해 온 휴가인데 제현의 몰래카메라가 된 기분이다. 제현은 급기야 통곡하며 바닥에 주저앉았다.

"내, 내가 뛰어내리려고 했는데……."

"……."

"줄, 줄이 너무 얇은 거야……."

훌쩍이는 제현의 말을 요약하자면 그랬다.

막상 뛰어보려 했더니 줄이 생각보다 얇아서 끊어질 거 같았고, 자신이 죽으면 슬퍼할 가족들의 모습이 주마등처럼 스쳐 갔더란다.

"엄… 엄마……."

너무도 서럽게 울어대는 통에 옆에 서 있던 안전 요원마저 제현을 달래고 있었다.

"학생, 그렇게 쉽게 안 죽어요."

"흐어……. 쉽게는 안 죽지만 고통스럽게 죽지 않을까요."

"어, 음……."

"그냥 내려가자."

상준은 머쓱한 미소를 지으며 비틀대는 제현을 아래로 내려보냈다. 1층에 있는 선우가 잘 달래줄 것이 뻔했으니, 제현에 대한 걱정은 한층 덜었다.

유찬은 멀어지는 제현의 뒷모습을 바라보며 피식 웃었다.

"아니, 못 뛰면서 왜 올라온 거야."

대수롭지 않게 말을 뱉던 유찬의 얼굴은 이어진 안전 요원의 말에 차갑게 식었다.

"자, 내려가실까요."

"아."

생각해 보니 웃고 있을 때가 아니었다.

상준이 마지막에 뛰기로 했으니 이번은 유찬의 차례였다.

'나도 울까.'

찰나지만 잠시 고민했다.

하지만, 아무리 그래도.

'그랬다간 차도영이 가만두지 않겠지.'

이미 오열하던 제현의 모습은 카메라에 빠짐없이 담긴 뒤였다. 그런 후폭풍을 감당하는 건 죽어도 싫었다.

"그냥 뛸게요."

유찬은 급격히 굳은 얼굴로 천천히 발을 뗐다.

"후우."

점프대로 다가갈수록 가해지는 압박감.

코끝을 스치는 바람마저도 서늘하게 느껴졌다.

요 근래 느꼈던 부담과 비슷한 감정.

그 감정이 유찬의 어깨를 무겁게 짓눌렀다.

"하."

유찬은 숨을 크게 들이쉬며 정면을 바라보았다.

'할 수 있다! 할 수 있다!'

멤버들 때문에 억지로 끌려온 곳이긴 했지만, 문득 그런 생각이 들었다. 지금 어깨를 짓누르고 있는 이 부담감을 모조리 날려 버리고 싶다는 생각.

"…갈게요."

유찬을 입술을 지그시 깨문 채 발을 내디뎠다.

그리고.

"와아아아아악!"

정신없이 온몸을 감싸고 도는 감각.

세차게 몰아치는 바람에 금방이라도 떠밀려 갈 것 같은 느낌마저 들지만.

"으어어!"

이번만큼은 도영의 판단이 맞은 걸까.

무겁게 몸을 누르고 있던 무언가는 사라지고, 온몸의 세포들이 하나씩 깨어나는 기분이 들었다.

"와."

자유로워지는 느낌.

유찬은 바람에 몸을 맡긴 채 미소를 지었다.

쉴 새 없이 뛰어대던 심장의 의미는 이내 두려움이 아닌 희열로 바뀌어갔다.

"아아악!"

기분 좋은 비명을 내지르며 허공을 떠다니던 순간.

문득 유찬의 머릿속에 그 말이 떠올랐다.

'피할 수 없으면 즐겨라.'

유찬이 구겨 버린 포스트잇에 박혀 있던 글귀.

유찬은 그 글귀를 떠올리며 미소를 지었다.

그렇게 얼마를 공중에 있었던 걸까.

휘청이는 유찬을 발견한 멤버들이 놀란 눈으로 달려왔다.

"와, 유찬이 왔다!"

"어땠어, 어땠어?"

"할 만해?"

거친 숨을 몰아쉬는 유찬.

기가 막힌 아이디어로 자신을 끌고 온 멤버들을 돌아보며.

유찬은 나직이 말을 뱉었다.

피할 수 없으면 즐기는 건 둘째 치고.

"…그냥 피할걸."

"아?"

영문을 모르겠다는 표정으로 자신을 돌아보는 도영이다.

유찬은 손사래를 치며 피식 웃어 보였다.

"재밌었다고."

한결 홀가분한 기분.

유찬은 가볍게 스트레칭을 하며 기분 좋은 미소를 지었다.

'역시 사람은 쉬어줘야 해.'

확실한 깨달음을 얻은 유찬의 뒤로.

"아아아악!"

저 멀리서 상준이 뛰어내렸다.

제4장

메리 크리스마스

'피할 수 없으면 즐겨라.'

번지점프대에서 그동안의 피로를 다 날려 버리기라도 한 것인지, 유찬은 눈에 띄게 해맑은 모습으로 돌아왔다.

"죽을 뻔하긴 했지만."

그래도 저토록 생각해 준 멤버들이 고마웠다.

유찬은 피식 웃으며 연습실 구석으로 쪼르르 달려갔다.

'유찬이가 고통받아야 해.'

농담 삼아 말은 뱉었지만, 실제로는 갑자기 변해 버린 유찬을 퍽 걱정했던 도영이었다. 처음 연습생이 되었을 때부터 오랜 기간 봐온 유찬이다. 그렇기에 누구보다 유찬의 심정을 잘 알았다.

'부담감이겠지.'

그런 부담감을 한 번에 날려 버릴 화끈한 방법.

먹히려나 걱정했는데 아주 잘 먹힌 것 같다.

도영은 피식 웃음을 터뜨리며 고개를 까닥였다.

"쟤, 왜 저렇게 신났냐."

"실장님이 연습 빼줬다던데."

"와, 이건 차별이야."

어제 하루 쉬고 나선 급기야 날아다니는 유찬이다.

도영은 못 말린다는 듯 혀를 내두르며 휴대전화를 꺼내 들었다.

첫 번째 리얼리티 영상이 올라간 뒤로 생각보다 반응이 훨씬 좋았다.

—제현이 우는 거 봐 ㅋㅋㅋㅋㅋㅋㅋㅋ

ㄴ아니, 왜 저렇게 서럽게 울어 ㅠㅠㅠㅠ

ㄴ저건 진짜다 ㅋㅋㅋㅋㅋㅋㅋ

—애들 다 겁먹더니만 잘 뛰네

ㄴ보는 내가 다 시원했다

ㄴ보기만 해서 시원한 거야

ㄴ아 그건 ㅇㅈ

—아 이런 콘텐츠 너무 좋다

ㄴ드디어 소속사가 일하네!!!

ㄴ자주 방송해 줘ㅠㅠ

팬들이야 자잘한 일상을 올려도 좋아해 줄 분들이지만, 이렇게 댓글로 기뻐하는 모습을 보니 보기 좋았다.

그리고.

"아, 제현아. 너 움짤도 있다."

"말 걸지 마."

가장 화제가 된 건 단연 제현의 폭풍 오열이었다. 너무도 서럽게 울어대던 제현을 떠올리며 도영은 정신없이 웃어댔다.

"그땐 그럴 수도 있다고 했잖아!"

"그럴 수도 있지."

"그러엄."

정작 그날엔 울어대는 제현을 정신없이 달래줬던 형들이다.

일주일 새 변심한 거냐고 제현은 억울한 표정으로 투덜댔다.

그래도 웃긴 건 웃긴 거다.

"줄, 줄이 너무 얇은 거야……."

"…혼자 있고 싶어요."

"내… 내가. 뛰어내리려고 했는데… 아악!"

차마 듣고 있을 수가 없다.

제현은 까불대는 도영의 입을 일단 틀어막았다.

그런 제현을 안쓰럽게 지켜보던 선우가 화제를 돌렸다.

"자, 연습하자."

"역시 선우 형밖에 없어."

후우, 제현은 짙은 한숨을 내쉬며 자리에서 일어났다.

크리스마스를 위한 특별 공연을 연습해야 할 시간.

상준이 진지한 얼굴로 말을 뱉었다.

"몇 번 맞춰보고 타이틀곡 넘어가자."

"그럼 그 위에서부터 들어갈까?"

"어엉."

오늘의 첫 번째 연습곡은 '그 위에서'.

가장 최근까지 활동하던 곡이다 보니, 크게 어렵지는 않았다.

문제가 있다면.

"이거 인형 탈 입고 한다던데."

"누구 아이디어야?"

"실장님."

"아아아악!"

아무리 겨울이라고 해도 인형 탈을 입고 춤을 추라니.

방금 전까지 생글거리던 유찬은 머리를 쥐어뜯으며 한숨을 내쉬었다.

조승현 실장도 나름의 계획이 있었다.

'크리스마스잖아.'

어느덧 코앞으로 다가온 크리스마스.

크리스마스에 어울리는 인형 탈을 입고서 특별한 안무 영상을 찍어보자는 건데. 표정이 썩어 있는 건 유찬만이 아니었다.

"후우, 나 몸치인데. 이 무거운 거 입고 어떻게 춤을 추냐."

"어르신은 지쳐서 쓰러져요."

"내 말이."

선우는 벌써부터 골골대며 걱정하고 있었다.

그래도 기왕 연습하는 거 인형 탈까지 입어보고서 하자는 선우의 제안에, 다들 못 이기는 척 고개를 끄덕였다.

"와아아, 이거야? 이거?"

급격히 분위기가 다운된 유찬, 선우와는 달리 도영은 신이 난 채 인형 탈을 뒤적였다.

루돌프 인형 탈을 꺼내 든 도영은 입어보고선 콧노래를 흥얼거렸다.

"크으, 대박. 너무 귀여워."

"…난 못 들은 척할 거야."

"하, 나는 너무 완벽한 거 같아."

오늘도 자신감이 하늘을 찌르는 도영.

인형 탈을 쓰고선 셀카를 찍고 있는 도영의 모습에, 이미 적응된 멤버들은 웃음을 터뜨렸다.

「안녕하세요, 도영이에요 〉〈」

그 짧은 사이에 팬카페에 글을 올리고선 즐거워하는 도영이다.

쏟아지는 댓글들을 흐뭇하게 바라보고 있던 도영은 뒤늦게 정신을 차렸다.

"연습 들어가자."

"그래, 알면 됐네."

상준은 스피커에 다가가 휴대전화를 연결시켰다.

곧바로 「DREAM THE TOP」의 수록곡 '그 위에서'의 전주가 울려 퍼지기 시작했다.

Silent world
이곳은 빛이 나는 무대

여유롭게 미소를 지으며 이어가는 무대.

상준은 물 흐르듯 자연스러운 동작으로 안무를 이어갔다.

"후. 덥다."

인형 탈까지 쓰고 무대를 하니 확실히 몸이 둔해지긴 했다. 평상시에 쓰는 힘의 세 배로 연습을 해야 그나마 보기 좋은 동작들이 나온다. 하지만, 인형 탈의 방해에도 멤버들은 태연하게 팔다리를 뻗었다. 전혀 버거워 보이지 않는 가벼운 동작.

유찬 역시도 수월하게 자신의 파트를 마쳤다.

여기서 들은 걸까
나를 깨우던 모닝콜
여기서 부른 걸까
너는 날 기다렸던 거니

"와, 다들 너무 잘하는데?"

칼군무라고 부를 법한 절도 있는 동작들.

격해지는 멜로디에도 생글거리는 표정을 유지한 채 무대를 즐기는 멤버들이다.

"동선 이쪽으로!"

연습실이 마치 무대 현장인 것처럼 최선을 다해 연습하는 멤버들. 유찬은 오랜만에 부담을 내려놓고 웃어 보였다.

그런데.

그 위에서 나는 본 거야
Dream the top
날 위한 무대를

노래의 중반부에서 상준이 유찬을 뛰어넘는 파트.
줄곧 웃고 있던 유찬에게서 미소가 거둬졌다.
"아아악!"
"…크흠."
"아니, 저 형이 또 도움닫기 했어!"
곡소리를 내는 유찬에 도영은 숨넘어갈 듯 웃어댔다.
"아악……."
"미, 미안하다."
다른 사람이라면 분명 급격히 무너졌을 터였다.
하지만, 프로는 다르다.
피할 수 없으면 즐…….
"망할."
유감스럽게도 즐기는 데는 실패했다.
연습이 끝나자마자 유찬은 투덜대며 벽에 기댔다.
"아, 안무가 너무 빡세다니까."
다른 멤버들과 동선이 겹치는 부분도 많고, 결정적으로 상준
과 함께하는 파트가 너무 힘들다.
유찬은 애절한 눈빛으로 자신의 다리를 쓰다듬었다.
"불쌍한 내 다리……."
"미안하단 말은 지갑으로?"

"괜찮네. 고기로."

상준의 한마디에 곧바로 태세가 바뀌는 유찬이다.

[돈이 최고다.]

가만히 지켜보고 있던 제현이 상준의 명언을 메모하는 사이, 선우가 멤버들을 불러 모았다.

"아, 맞다. 우리 해야 할 거 하나 있거든."

"해야 할 거?"

"이벤트."

얼마 남지 않은 크리스마스를 위해 준비한 게 하나 더 있었다.

팬들을 위해 직접 산타가 되기로 자청한 탑보이즈.

온탑을 위한 애장품 선물 이벤트였다.

*   *   *

"애장품이라."

숙소에 돌아온 상준은 턱을 쓸며 고민했다.

팬들이 좋아할 만하고, 자신에게도 의미 있는 무언가를 준비해야 할 터였다.

그런데.

"가진 게 없는데."

"아니, 형. 너무 슬프잖아."

가만히 듣고 있던 유찬이 쓸쓸한 눈빛으로 상준을 돌아보았다.

크흠, 상준은 헛기침을 하며 시선을 돌렸다.

뒤늦게 자신이 내뱉은 말을 포장하는 상준이다.

"있는데 없는 척한 거야."

"굳이 변명하는 게 더 슬퍼."

"아."

문제는, 저 말이 장난스레 내뱉는 말이 아니라는 거였다.

"아, 진짜 없는데."

상준은 머리를 긁적이며 생각에 잠겼다.

숙소에서 상준이 쓰고 있는 물건들 대부분은 팬들에게 선물받은 거였다.

항상 감사하며 쓰고 있긴 하지만, 남에게 줄 수 있는 애장품들은 아니다.

"아."

한참을 고민하던 상준의 머릿속에 하나가 떠올랐다.

상준은 조심스레 창고로 쓰고 있는 방으로 들어갔다.

"…여기 있… 네."

숙소에 짐을 옮기고 나서 한 번도 쳐다본 적 없던 기타.

먼지가 내려앉은 기타를 쓸어내리며, 상준은 슬픈 미소를 지었다.

오늘 애장품 얘기만 나오지 않았더라면 잊고 지낼 뻔했던 기타였다. 잊고 지냈는지, 잊고 싶었는지는 모르겠지만.

'나 기타 배워보려고.'

고작 10만 원짜리 초급용 기타였지만, 상준에겐 남다른 사연이 있는 녀석이었다. 처음으로 기타를 배워보겠다는 생각으로 마련했던 기타.

"치지 못해서 놔뒀지만."

「악기의 마에스트로」를 대여하기 전, 악기에도 영 소질이 없었던 상준이다. 이 녀석을 쓸 수 없다는 걸 알면서도, 상준은 쉽게 버릴 수 없었다.

'인정하는 거 같았으니까.'

자신에게 재능이 없다는 것을 인정하고 싶지 않아서.

그렇게 미련 때문에 붙들고 있던 녀석이었다. 추억이 담긴 기타이기에, 상준은 미소를 지으며 기타를 집어 들었다.

"자, 가자."

상준이 훌훌 털어버린 과거처럼, 이제는 다른 사람의 손을 찾아갈 기타.

상준은 후련한 마음으로 기타를 거실에 끌고 나왔다.

"다들 찾았어?"

멤버들 역시 투덜대며 방에서 나왔다.

"와, 찾는 데 한참 걸렸네."

팬들에게 선물할 물건이다 보니 다들 고민한 기색이 역력했다.

가장 먼저 애장품을 고른 선우가 멤버들에게 물었다.

"다들 골랐어?"

"나는 정했어."

도영은 특이한 무늬가 있는 옷을 손에 들었다.

"이거 여행 갔을 때 샀던 건데. 간지 나서 내가 한 번도 안 입고 놔뒀거든."

"왜 산 거야."

"퍽퍽 때리지 말고 들어봐."

도영은 유찬에게 눈을 흘기고는 손에 쥔 옷의 위대함을 강력히 어필했다.

"이게 프랑스에서! 이태리 장인이……."

"프랑스에 이태리 장인이 왜 있어."

유찬이 조목조목이 때리는 공격에 도영은 손사래를 치며 옷 소개를 마무리했다.

"아무튼 한 땀 한 땀 짜서 만든 거니까. 애장품이다 이 말이지."

"멋있긴 하네."

그다음, 유찬과 선우의 애장품 소개가 이어지고.

상준은 옆에 둔 낡은 기타를 꺼내 들었다.

"와, 형은 기타야?"

"도영이는 이태리 장인 얘기하는데 혼자서 음악가 하네."

상준은 대답 대신 웃음을 흘리며 기타를 손에 쥐었다.

먼지가 조금 내려앉긴 했지만, 지금 써도 불편함이 없는 기타.

그때는 제대로 치지 못했던 기타를, 이제 와서 손에 쥐어본다.

디리링.

「악기의 마에스트로」.

상준이 체화한 재능과 함께 감미로운 기타의 음색이 숙소에 울려 퍼졌다.

"와."

부드러운 어쿠스틱 음색으로 재탄생한 탑보이즈의 「EIFFEL」.

상준의 손끝에서 살아나는 멜로디에, 멤버들은 자연스럽게 리듬을 타기 시작했다.

"좋다."

비록 살 때는 얼마 안 하던 연습용 기타긴 했지만.

이렇게 연주를 듣고 나니 생각이 바뀌었다.

'서투른 음색'.

완벽하다고 하긴 애매하지만, 그 자체로도 울림이 있는 음색이다. 두 눈을 감은 채 노래를 끝낸 상준은 미소 지으며 기타를 내려놓았다.

"팬들도 좋아하겠네."

"그러게."

이제 제현의 애장품만이 남았다.

"제현이는 뭐 했어?"

선우의 물음에 의미심장한 미소를 짓는 제현.

"나는 이건데."

제현은 주섬주섬 자신의 애장품을 꺼내 들었다.

나무 상자 안에 숨겨둔 제현의 애장품.

애장품의 정체를 확인한 순간.

"뭐……?"

탑보이즈 멤버들의 입이 동시에 벌어졌다.

*　　　　*　　　　*

멤버들의 눈에 가장 먼저 들어온 건 상자 가득 수북이 쌓여 있는 막대 사탕 껍질이었다.

얼마나 다양한 종류를 먹은 건지, 색색깔의 껍질들이 안에 들어 있었다. 선우는 기겁하며 제현에게 물었다.

"야, 설마. 이게 애장품이야?"

"아니, 이건 쓰레기지."

"후우, 순간 네 인성이 쓰레기인 줄 알았어."

도영은 안도하며 가슴을 쓸어내렸다.

아무리 막대 사탕을 좋아해도 그렇지. 애장품이랍시고 먹고 남은 껍데기를 줄까 봐 적잖이 걱정했던 멤버들이었다. 독특한 제현이라면 그러고도 남았으니까.

"그럼 뭔데?"

"아니, 껍데기를 왜 모아. 그러면."

어서 말하라는 듯 재촉하는 멤버들.

제현은 수북이 쌓여 있던 막대 사탕 껍질들을 걷어냈다.

그리고, 그 아래에서 모습을 드러낸 건……

"이게 뭐야?"

새하얗고 길쭉한, 막대 사탕 막대기.

그러니까, 껍질과 별다를 게 없긴 한데.

"와."

이번만큼은 차마 타박을 놓을 수가 없었다.

상준은 감탄을 터뜨리며 제현이 꺼내놓은 모형들을 내려다보았다.

막대 사탕 막대기로 만들었다고는 믿기지 않는 정교한 모형들.

"네가 만든 거야?"

선우는 놀란 눈으로 조그마한 모형을 들어 올렸다.

미니어처 집부터 탱크, 자전거까지. 가짓수를 셀 수 없을 정도로 다양한 모형들이 사탕 껍질 아래에 자리하고 있었다.

행여 잘못 만지면 부서질까 봐, 상준은 조심스럽게 그것들을 하나씩 살폈다. 도영은 혀를 내두르며 입을 열었다.

"아니, 이거 언제 만든 거야."

"밤에 틈틈이. 어렸을 때부터."

"…너는 지금도 어려."

"그러게, 상준이 형은 뭐가 되냐. 아악!"

상준은 다급히 도영을 응징하고 돌아왔다.

도영의 망언과는 별개로 제현의 손재주는 놀라웠다.

허구한 날 막대 사탕만 오물거리고 있지, 이런 거를 만들고 있었을 줄은 몰랐다.

선우는 기특하다는 듯 제현의 머리를 쓰다듬었다.

"소질 있네."

칭찬에 인색한 유찬마저도 고개를 끄덕이며 말을 뱉었다.

어디서 사 왔다고 해도 믿을 정도의 퀄리티다.

무엇보다 그 정교함을 보면 혀를 내두를 정도였다.

"잘 만들었다, 진짜."

제현은 뿌듯한 표정으로 생글거렸다.

그동안 들인 정성을 생각하면 진정한 애장품이라고 할 수 있었다.

"자, 포장 시작할까?"

이제는 소중한 사연이 담긴 애장품들을 팬들에게 선물할 차례다.

애장품 선정부터 포장까지.

조 실장이 모두 탑보이즈 멤버들에게 맡긴 터였다.

"포장, 포장!"

"이렇게 하면 되지?"

난데없이 벌어진 포장 작업에 비교적 깨끗했던 숙소는 난장판이 되어갔다.

"아, 이거 포장 어떻게 해?"

"아아악, 도영이가 풀을 내 손에 발랐어!"

"아, 미안하다."

손으로 포장을 하랬지, 입으로 포장을 하라는 게 아니었을 텐데.

굳이 멀쩡히 있는 테이프를 버려두고 풀로 포장을 하고 있는 도영이다.

상준은 한숨을 내쉬며 테이프를 도영의 손에 쥐여주었다.

"넌 제발 이걸로 하고."

"으음."

"넌 또 왜?"

멍하니 넋이 나간 얼굴로 앉아 있는 제현.

상준은 불안한 눈길로 고개를 돌렸다.

"그, 지금 뭐 하냐."

이쪽은 리본을 못 묶고 있다. 끙끙대며 괴상한 리본을 만들어내는 제현을 보고선, 상준은 다시금 경악에 빠졌다.

반쯤 넋이 나간 건 유찬과 선우도 마찬가지다.

보다 못한 유찬이 손사래를 쳤다.

"그냥 우리 셋이 포장하자."

"그게 낫겠다."

저 둘에게 뭘 바라는 게 잘못이다.

상준은 한숨을 내쉬며 커다란 기타를 힘겹게 포장했다.

선물의 규모가 작은 도영과 제현의 애장품과는 달리, 기타는 정말 버거웠다.

"상준이 형."

군이 멀쩡한 기타에 포장지를 두르고 있는 상준을 본 유찬이 인상을 찌푸렸다. 이윽고 이어지는 묵직한 한마디.

"그거 그냥 놔두는 게 어때?"

"이 상태로?"

"아니, 형. 기타 팔 때 가방에 넣어서 주지, 포장지에 씌워서 주진 않을 텐데."

"아."

포장을 향한 지나친 열정이 불러온 실수다.

가만히 기타를 바라보던 상준은 뒤늦게 고개를 끄덕였다.

"…그러네."

"형도 여기서 편지 쓰자."

믿었던 상준마저도 구멍이다.

유찬을 한숨을 내쉬며 상준의 손에 편지지를 쥐여주었다.

팬들을 향한 진심이 담긴 편지.

"잘 적어야지."

상준은 콧노래를 흥얼거리며 금세 자신의 역할에 적응했다.

사실 이렇게 팬들을 향한 이벤트를 준비한다는 것이 여간 힘든 일이 아니었다. 그만큼 정성을 쏟아부어야 하는 작업이니까.

하지만, 조금도 지치지 않았다.

'팬들을 위한 거니까.'

수없이 과분한 사랑을 받아왔다.

이렇게나마 그 마음에 보답하는 것이 상준이 할 수 있는 최선이었다. 조그마한 편지지에 그러한 마음을 담아내던 사이, 선우가 고개를 벌떡 들었다.

"아, 깜짝이야."

"우리 내일 스케줄 있는 거 알지?"

갑작스러운 선우의 말에 멤버들의 두 눈이 동그래졌다.

"무슨 스케… 아, 설마!"

번지점프로 큰 사랑을 받았던 멤버들의 「Challenge」 방송.

그 두 번째 촬영 날이 바로 내일이었다.

"어쩐지 내일 스케줄이 비워져 있더라."

"아, 그게 그거였구나."

공식 스케줄이 없는 날이다 보니 모르고 있었다.

고개를 까닥이던 도영은 호기심 가득한 눈으로 물었다.

첫 번째 도전은 번지점프였다.

그렇다면.

"두 번째 도전은 뭔데?"

*   *   *

"와아아아!"

"와, 진짜 대박이다."

멤버들의 함성이 가득 울려 퍼지는 이곳은 드넓은 놀이공원.

은은한 조명이 내려앉은 회전목마를 보며 단체로 탄성을 터뜨렸다.

"이거 아이디어 누가 낸 거야."

"팬분들이 내주셨대."

"와, 진짜 사랑해요."

탑보이즈 챌린지의 두 번째 도전은…….

"놀이공원 통째로 빌리기입니다!"

"와, 나 이거 진짜 해보고 싶었어."

놀이공원에 와본 게 얼마 만일까.

상준은 감격에 찬 얼굴로 주변을 두리번거렸다.

크리스마스 이벤트 기념 겸사겸사 이곳을 찾은 탑보이즈다.

"놀이기구도 탈 수 있는 건가?"

"그런가 봐."

"와, 유찬이 형."

열심히 주위를 둘러보던 제현의 시선이 한 놀이기구로 향했다.

높은 곳에서 뚝 떨어지는 놀이기구.

마치 번지점프를 연상시키는 극강의 공포다.

"형, 저거 한번 탈래?"

"너가 타면."

"……."

번지점프에서 통곡을 했던 제현이다.

'으에에. 으어어…….'

다시 떠올리고 싶지 않은 기억.

'내, 내가 뛰어내리려고 했는데…….'

'줄, 줄이 너무 얇은 거야……'

유찬의 묵직한 한마디에 제현은 붉어진 귀를 만지작거렸다.
괜히 놀리려다가 본인의 무덤을 판 기분이다.

"크흠."

헛기침을 한 제현은 제자리에서 방방 뛰며 화제를 돌렸다.

"그러면 바이킹 어때? 아니면 롤러코스터?"

"제현이는 회전목마나 타자."

"하."

급격히 떨어진 본인의 신뢰도에, 제현은 억울한 표정으로 눈
을 굴렸다. 뭐라도 항변해야겠다.

"아니, 내가 번지점프는 못 해도……."

제현이 열변을 토하려던 순간이었다.

"자, 여러분."

오늘의 일일 PD가 된 송준희 매니저가 웃으며 입을 열었다.

"우선 여기서 크리스마스 기념 무대 촬영을 할 겁니다."

"아, 크리스마스 기념 무대……!"

매니저가 워낙 부끄러워하니 그만큼 멤버들이 리액션을 넣을
수밖에 없다.

도영은 하이 텐션으로 박수부터 치기 시작했다.

"저희 이거 엄청 열심히 준비했거든요."

"유찬이 형이 매일 화냈죠."

"제현아, 그런 말은……."

푹.

옆에서 옆구리를 찌르는 유찬에, 제현은 애써 평온한 얼굴로 두 눈을 끔뻑였다.

회전목마 앞에서 펼치는 크리스마스 기념 무대.

분위기 있는 야간의 놀이공원인 만큼, 카메라에도 예쁘게 담길 거란 생각에 다들 들뜬 표정이었다.

문제는 여전히 조 실장의 제안에 있었다.

"하, 인형 탈을 여기서 쓰는구나."

유찬은 한숨을 쉬며 눈사람 인형 탈을 집어 들었다.

천상 아이돌인 도영은 그마저도 즐거워하며 생글거리고 있었다.

"자, 다들 준비됐어요?"

루돌프가 된 채 신이 나서 팔딱거리는 도영.

애써 침착함을 유지하고 있던 송준희 매니저는 숨이 넘어가라 웃어댔다.

"아니, 얘들아. 가만히 좀 있어봐."

"예에에."

이미 주체할 수 없는 흥이 온몸을 감싸고 있다.

제현이 혀를 내두르며 도영의 감정을 대신 전했다.

"끝나고 바이킹 타려고 저렇게 신났대요."

"그런 거 같네."

송준희 매니저는 웃으며 오케이 싸인을 보냈다.

"자, 시작하자!"

그의 한마디와 동시에 '그 위에서'의 파워풀한 멜로디가 놀이공원에 울려 퍼졌다.

은은한 조명과도 너무 잘 어울리는 「그 위에서」.

빛이 살포시 내려앉은 야외무대에서, 상준은 미소를 지으며 앞으로 걸어 나왔다.

Silent world
이곳은 빛이 나는 무대

노래 가사와 너무도 잘 어울리는 배경.
조명이 멤버들의 얼굴을 비출 때마다 몽환적인 분위기가 살아난다.
가만히 지켜보고 있던 송준희 매니저는 저도 모르게 탄성을 터뜨렸다.

여기서 들은 걸까
나를 깨우던 모닝콜

평상시에는 마냥 해맑게 날뛰지만, 무대에 설 때만큼은 눈빛부터 달라진다. 송준희 매니저는 멤버들의 낯선 모습에 웃음을 흘렸다.

그 위에서 나는 본 거야
Dream the top
날 위한 무대를

유찬이 힘들어하던 파트. 살짝 유찬을 뛰어넘은 상준이 중간으로 미끄러지고, 평상시엔 투덜대던 유찬도 자연스럽게 카메라를 응시했다.

잠깐의 흔들림도 없는 완벽한 안무.

"프로네."

송준희 매니저는 저도 모르게 작게 중얼거렸다.

빙글빙글 돌아가는 회전목마와 너무도 잘 어울리는 탑보이즈 의「그 위에서」무대. 마치 탑의 정상에 도달한 듯, 멤버들은 행복한 표정으로 미소 지었다.

그 위에서
나를 바라봐 줘

프로다운 능숙한 시선 처리와 표정 관리.

송준희 매니저에게 거듭 감탄을 뱉어내게 했던 그 완벽한 표정은, 노래가 끝나자마자 180도로 바뀌어 버렸다.

"허억… 헉."

"켁, 물 주세요."

"아이고, 죽겠네."

카메라가 꺼지자마자 골골대는 멤버들.

송준희 매니저는 웃음을 터뜨리며 멤버들에게 황급히 물병을 건넸다.

연습할 때도 느꼈지만 인형 탈을 쓰고 무대를 뛰는 게 제법 버거웠다.

"와, 어떻게 나왔어요?"

상준은 고개를 내밀며 촬영된 영상을 확인했다.

산타 모자를 쓴 채 여유롭게 안무를 이어가는 상준.

중간중간 선보이는 다양한 표정들까지.

모니터링을 하던 도영은 감탄을 뱉어냈다.

"천상 아이돌은 이 형이라니까."

"아니, 안 하는 척하면서 다 하는구나."

"푸흡."

「그 위에서」의 첫 무대와 비교해도 훨씬 여유로워 보이는 모습들이다. 상준은 흐뭇한 미소를 지으며 고개를 끄덕였다.

"잘 나왔네."

"그러네."

원테이크로 끝난 크리스마스 무대.

제자리에서 방방 뛰던 멤버들의 두 눈이 반짝이기 시작했다.

"와, 저희 바이킹 타러 가도 돼요?"

"지금 가면 되는 건가요."

금방이라도 뛰쳐나갈 듯이 신이 난 탑보이즈.

송준희 매니저는 그런 멤버들을 간신히 불러 세웠다.

"잠깐만. 잠깐만!"

"에?"

"왜요?"

너무 신이 나 있는 상태라, 이 얘기를 꺼내기도 조심스럽지만.

송준희 매니저는 멤버들의 눈치를 보며 천천히 입을 뗐다.

"이다음 스케줄이 있거든."

빠르게 흔들리는 멤버들의 동공.

송준희 매니저는 다급히 말을 수습했다.

"게임을 할 거예요. 어려운 건 아니고."

놀이공원을 통째로 빌리고 진행하는 게임.

재밌겠다 싶었는지 가만있던 멤버들도 시선을 집중했다.

'게임이라.'

상준이 두 눈을 반짝이며 손을 들었다.

"무슨 게임인데요?"

*   *   *

무슨 게임이냐는 상준의 물음에, 송준희 매니저는 비장한 표정으로 답했다.

"꼬리잡기 게임입니다."

"아?"

상준은 두 눈을 끔뻑이며 고개를 갸우뚱해 보였다.

자신이 아는 꼬리잡기 게임은 이 인원수로 할 수 있는 게임이 아니다. 송준희 매니저가 건네는 종이를 받아 든 뒤에야, 상준은 오늘의 게임을 이해할 수 있었다.

"아."

"꼬리 잡듯이 잡고 잡으면 되는 거예요?"

"그런 거네. 술래잡기 같은 거네."

각 멤버별로 잡아야 할 사람이 있고, 피해야 할 사람이 있다.

피해야 할 사람은 게임 시작 전에 알려주지만, 잡아야 할 사람은 직접 알아내야 한다.

놀이공원 곳곳에 색깔이 다른 종이봉투가 숨겨져 있으니, 송준희 매니저가 주는 구슬의 색과 일치한 종이봉투를 찾아내면 그 안에 잡아야 할 사람에 대한 힌트가 있단다.

"아, 이런 거구나."

그 사람을 찾아 구슬을 뺏고, 한 사람이 구슬 세 개를 갖게 되면 끝나게 되는 술래잡기 형태의 게임.

그런데.

"꼬리잡기가 뭐예요?"

해맑게 묻는 제현에, 상준은 기겁하며 뒤로 물러섰다.

선우 역시 혼란스러운 표정으로 제현에게 되물었다.

"진짜 몰라?"

"모르겠는데."

너무도 당당한 제현의 말에, 송준희 매니저에게서 구슬을 받아 가던 상준이 어설픈 설명을 시작했다.

"그, 있잖아. 팀으로 해서 서로 잡으려고 뛰는……."

"진짜 안 해봤어?"

운동회 때 한 번쯤은 해봤을 그 게임을 모른다니.

선우는 충격에 빠진 낯빛이었다.

상준은 주머니에 넣은 구슬을 만지작거리며 말을 이었다.

"야, 그러면 너 구슬치기도 몰라?"

"에?"

"비석은 안 쳐봤니?"

"야, 그만해. 나 슬퍼지려 해."

보다 못한 선우가 상준을 막아섰다.

선우의 착잡한 표정을 보니 알고 있는 건 이쪽도 마찬가지인 모양이었다.

제현은 여전히 똘망똘망한 눈을 굴리며 고개를 갸우뚱해 보일 뿐이었지만.

"…진짜 모르나 봐."

가만히 지켜보고 있던 도영도 깔깔거리며 배를 잡았다.

상준은 억울한 표정으로 말을 이었다.

"나 때는 초등학교 끝나면 운동장에서 땅따먹기 했어."

"……."

"야, 나 땐……."

"크흡, 상준아, 그만하자."

"냅 둬, 국민학교가 아닌 게 어디야."

영문 모를 표정으로 눈만 끔뻑이고 있는 제현과, 졸지에 얻어맞은 기분이 된 맏형 라인.

'그게 그거지.'

송준희 매니저는 한숨을 내쉬며 어수선해진 분위기를 정리했다.

"자자, 신세대 꼬리잡기 시작할 거니까 다들 준비됐어요?"

"크으, 제가 또 상준이 형과는 다른 신세대라서."

"하?"

"유행을 선도하는 차도영… 아악!"

괜히 까불거리다가 목덜미가 잡힌 도영은 주머니 속 구슬을 손에 쥐었다.

애써 아무렇지 않은 척하지만 게임의 룰대로라면 이곳에 피해야 할 사람이 하나 있었다.

그건 상준도 마찬가지였다.

'유찬이요?'

아까 구슬을 건네받던 짧은 순간에, 송준희 매니저에게 전해 들었던 이름. 상준은 유찬을 은근히 의식하며 시선을 돌렸다.

그리고.

"자, 시작하겠습니다!"

송준희 매니저의 한마디와 동시에, 멤버들이 분주하게 달리기 시작했다.

*   *   *

"어디로 가면 돼요? 놀이공원 다 돌아다녀도 돼요?"

"……"

"산으로 들어가도 돼요?"

카메라 감독을 향해 말을 걸고 있는 제현.

호기심 가득한 눈길로 이것저것 묻고 있으니 대답을 안 해줄 수가 없다. 보다 못한 카메라 감독이 고개를 저으며 답했다.

"여기… 촬영 구역에만 있으셔야 돼요."

"헉."

'왜 놀란 걸까.'

설마 산속에 숨어버릴 생각이었다는 걸까.

충격적인 사실을 깨달았다는 듯이 멍해진 제현의 표정을 보며 카메라 감독은 혼란에 빠졌다.

"와, 여기 꽃이 예쁜데요."

"…조화예요."

제현이 넓은 놀이공원을 헤매는 동안, 상준은 빠르게 발걸음을 재촉하고 있었다.

'유찬이만 피하면 돼.'

유찬이를 피하되, 굳이 티를 내서는 안 된다.

상준은 주위를 둘러보며 종이봉투가 있을 만한 곳을 찾았다.

'빨간색 종이봉투……'

짙은 어둠이 내려앉은 시간이라서 그런지, 좁게 한정된 공간에서도 숨겨진 힌트를 찾기란 버거웠다.

휴대전화의 손전등에 의지한 채 상준이 열심히 사방을 두리번거리던 때였다.

"형."

"아아악!"

갑자기 어둠 속에서 튀어나온 유찬.

상준은 기겁하며 뒤로 물러섰다.

"왜 그렇게 놀라?"

"아."

침착해야 한다.

상준은 머리를 긁적이며 능청스레 말을 뱉었다.

"아니, 갑자기 튀어나오면 놀라잖냐."

"아, 미안."

"여기는 왜?"

"아, 같이 찾을래?"

유찬의 한마디에 상준의 동공이 빠르게 흔들리기 시작했다.

같이 찾다가 유찬의 종이봉투가 나오기라도 하면 끝장이다.

상준은 다급히 말을 돌렸다.

"굳이? 굳이 그래야 할 이유가 있을까?"

"엉?"

"야, 너 그러다가 네가 나 잡는 거면 어떡하려고."

"에이, 아니겠지."

상준의 나름 논리적인 대답에도 유찬은 단호하게 고개를 저었다.

상준은 주머니 속의 구슬을 굴리며 유찬을 다시 설득했다.

"유찬아, 게임은… 게임은 원래 각자도생이야. 그렇게 막 의존하고 그러면 못 써."

"근데 형 목소리가 왜 떨려?"

"추, 추워서?"

상준은 침을 삼키며 유찬을 빤히 바라보았다.

「무대의 포커페이스」.

상준의 무표정이 간신히 위기를 넘긴다.

'쟤 눈치 빠른데.'

상준은 유찬의 어깨를 토닥이며 최대한 자연스럽게 말을 뱉었다.

"파이팅하고. 나는 네가 잘할 것이라고 믿어. 아주 굳게 믿어."

"아니, 갑자기 왜 덕담을……."

표정이 포커페이스면 무얼 하나, 헛소리를 줄줄이 내뱉는 상준이다.

상준은 유찬이 눈치채기 전에 빠르게 발을 돌렸다.

다행스럽게도 별 관심이 없었는지 유찬은 반대 방향으로 걸어가기 시작했다.

"후우."

상준은 그제야 안도의 한숨을 내쉬며 발걸음을 재촉했다.

유찬이 이상함을 눈치채기 전에 빨리 힌트를 찾아내야 했다.

"여기도 없고."

"아니, 어디다가 숨긴 거야."

벤치 아래에도 없고, 쓰레기통 옆에도 없다.

놀이기구 안은 살필 필요가 없댔으니, 찾을 장소가 많이 주어진 상태는 아닌데……

"어?"

바닥을 은은하게 비추고 있는 조명 옆에 놓인 푸른 종이봉투.

상준은 놀란 눈으로 그것을 집어 들었다.

색이 다르니 상준의 것은 아니다.

"이게 누구 거지?"

중얼대며 종이봉투를 살짝 꺼내본 상준.

그 안에 적혀 있는 글귀를 확인하고선 차갑게 식었다.

"아, 망했다."

짧게 적혀 있는 노래 가사 한 줄.

그 가사를 확인한 순간, 상준은 그것이 자신을 지칭함을 알아챘다.

「전화받아.」

「모닝콜」에서 화제가 된 상준의 파트.

저 파트 때문에 동생들에게 허구한 날 시달렸던 걸 생각하면, 결정적인 힌트다. 그렇다면 이 파란색 종이봉투가 유찬의 것임이 분명했다.

"숨, 숨기자."

유찬의 종이봉투가 이렇게 탁 트인 곳에 놓여 있으니 심장이 쪼그라들다 못해 사라질 지경이다.

상준은 황급히 종이봉투를 벽 옆에 세워두었다. 이쪽도 대놓고 놓여 있는 건 마찬가지지만, 환한 조명이 비추고 있는 원래 장소보다야 낫다.

"벽도 파란색이네."

상준은 흡족한 미소를 지으며 고개를 까닥였다.

"보호색, 보호색."

유찬이 발견하기 전에 자리를 떠야 한다.

상준은 헛기침을 하며 애써 자연스럽게 앞으로 나섰다.

"어딨지, 어딨는 거지?"

유찬은 저 멀리서 열심히 삽질을 하고 있으니, 이제 자신의 것만 찾으면 된다.

그런데.

"아, 안 보이네."

유찬의 종이봉투는 떡하니 쉬운 곳에 놓여 있었는데, 상준의 것은 찾기부터가 힘들다.

상준이 반쯤 해탈한 얼굴로 터벅터벅 걸을 무렵이었다.

"어?"

놀이기구는 애당초 힌트의 범위에 들어가지 않으니 애써 눈길을 주지 않고 있었던 공간. 놀이기구 표지판 바로 뒤에서 붉은빛이 보였다.

"와."

이걸 여기에 숨기다니.

상준은 경악한 눈길로 종이봉투를 집어 들었다.

"아니, 내 건 왜 이렇게 어려운 데 숨겨놨어."

상준은 투덜대며 붉은 종이봉투를 꺼내었다.

그리고, 종이봉투에 박혀 있는 한 단어.

뜻밖에도 해당 멤버의 나이를 알려주고 있었다.

"열아홉 살……?"

탑보이즈에서 열아홉 살인 멤버는 둘뿐이다.

도영과 유찬. 그중에서 유찬은 아니니…….

"도영아?"

"아?"

때마침 저 멀리서 걸어오고 있던 도영이 두 눈을 크게 떴다.

상준을 발견하고선 상당히 놀란 표정.

상준이 자신을 잡아야 한다는 걸 알아챘는지, 아니면 모르고 있는지를 간보고 있는 듯한 표정이다.

'자연스럽게.'

상준은 온화한 미소를 지으며 입을 열었다.

"도영아, 우리 대화를……"

"……."

유감스럽게도 눈치가 빨랐던 도영.

곧바로 이상함을 감지한 도영이 냅다 달리기 시작했다.

"어디 가! 어디 가!"

"뭐야, 뭐야."

가만히 지켜보고 있던 선우는 화들짝 놀라 벽에 달라붙었다.

그 와중에도 평온한 제현은 카메라 감독과 대화를 시도하고 있었다.

"저 바이킹 타도 돼요?"

"…안 됩니다."

"어, 저기 형들 뛰어간다."

"으아아악!"

혼신의 힘을 다해 이를 악물고 달리는 도영.

큰 키로 폴짝폴짝 잘도 달아난다.

하지만, 상준이라고 밀리지는 않았다.

"와, 겁나 빨라."

제 종이봉투를 못 찾고 있던 유찬은 감탄과 함께 고개를 들었다.

휘이익.

바람을 가르고 달리는 두 멤버.

'이대로는 못 따라잡을 거 같은데.'

상준도 꽤 빨리 달리는 축에 속했지만, 도영도 만만치는 않았다.

거리는 좁혀지지 않고 둘만 서로 지쳐가는 중이니.

상준은 빠른 판단과 함께 허공에서 재능을 뽑아 들었다.

「운동 신경의 천재」.

"아아악, 살려주세요! 살려주세요!"

상준이 재능을 대여했음을 알 리가 없는 도영은 헐떡이며 달리고 있었지만.

재능의 효과를 보게 된 상준의 달리기는 눈에 띄게 빨라졌다.

"헉… 헉."

미친 듯이 차오르던 숨도 한결 나아지고 다리도 가벼워진다.

5미터가 넘던 거리는 점차 좁혀졌고.

상준은 이를 악물고선 도영을 순식간에 따라잡았다.

"으억."

코너에서 오른쪽으로 빠지려던 도영은 이내 상준의 손아귀에 잡히고 말았다.

도영을 한 손으로 붙든 채, 상준은 헐떡이며 손을 내밀었다.

"구슬 줘, 구슬."

"하, 죽겠다."

나름 열심히 달렸는데 결국 따라잡히고야 말았다.

도영은 기진맥진한 얼굴로 노란색 구슬을 상준에게 건넸다.

그의 손에 들린 노란색 종이봉투.

도영은 비틀거리는 몸을 기대고선 말을 뱉었다.

"선우 형, 그 형 찾으면 돼."

"아."

도영이 잡아야 했던 사람이 선우라면, 이제는 상준이 잡아야 한다.

선우까지 잡아 구슬을 뺏으면 게임이 끝나니까.

상준은 두 눈을 반짝이며 고개를 들었다.

"하, 선우 형 계속 숨어 있던데."

도영은 거친 숨을 몰아쉬며 말을 뱉었다.

분명 꼬리잡기 게임인데 혼자서만 숨어 다닌단다.

그런데.

"저게… 숨은 거야?"

놀이공원을 한번 둘러보던 상준은 놀란 눈으로 두 눈을 끔뻑였다.

벽에 바싹 붙은 채 고개만 돌리고 있는 선우.

"저건 뭐 펭도 아니고……."

선우만 잡으면 된다.

상준이 피식 웃으며 발걸음을 옮기던 순간.

"유, 유찬이……?"

저 멀리서 유찬이 달려오기 시작했다.

*   *   *

"아아아악!"

순식간에 난장판이 된 놀이공원 광장.

벽에 붙어 있다가 뒤늦게 달리기 시작한 선우.

광장을 가로지르는 상준과 그 뒤를 쫓아가는 유찬까지.

"와."

제현은 입을 벌린 채 카메라 감독에게 말을 걸었다.

"사실 제가 가장 빠르거든요."

"아."

"근데 누구를 잡아야 하는지 모르겠어요."

아직 종이봉투를 찾지 못한 제현이다.

잠시 턱을 쓸어내리던 제현은 진지한 얼굴로 말을 뱉었다.

"아무나 잡을까요?"

"그, 그건 별로 좋지 않은 생각 같은데."

카메라 감독이 말리지 않았더라면 아무한테나 달려가서 잡아올 기세였다. 제현이 잠시 망설이고 있는 사이에도 악착같은 달리기는 이어졌다.

"하, 진짜… 진짜……."

오늘도 어김없이 저질 체력을 드러낸 선우는 안간힘을 써서 달리고 있었다.

「운동 신경의 천재」가 아니더라도 쉽게 잡을 수 있는 스피드
지만, 뒤에서 따라오는 유찬도 만만치가 않았다.

"그냥… 일찍 빠지길 잘했다."

도영은 벽에 머리를 기댄 채 혀를 찼다.

아까부터 세 바퀴 연속 돌고 있으니, 이게 꼬리잡기인지 이어
달리기인지 슬슬 헷갈리던 참이었다.

그때였다. 코너에서 빠르게 돈 상준이 유찬에게 따라잡히기
전에 선우를 낚아챘다.

"허억… 헉."

"구슬 줘, 빨리."

달려오던 유찬과의 거리가 좁혀진다.

게임을 시작했던 지점으로 돌아가야 하는 만큼, 잠시도 방심
할 수 없다. 거의 1미터도 차이 나지 않는 유찬과의 거리.

"으악, 난 몰라."

상준은 선우의 손에서 구슬을 낚아채곤 다시 이를 악물고 달렸다.

"와아아악!"

"거기 서! 거기 서라고!"

남은 건 유찬과 상준.

만신창이가 된 선우는 해탈한 표정으로 바닥에 엎어졌다.

도영이 혀를 차며 말을 걸었다.

"그냥 빨리 잡히지."

"야, 나 나름 잘 숨어 있었거든."

"그건 아닌 거 같고."

상준에게 잡힘과 동시에 선우를 발견했던 도영이다.

종이봉투만 조금 더 일찍 찾았더라면 분명 잡았을 게 뻔했다.

"그게 숨은 거라고 하는 거야?"

"……."

선우는 대답을 피하며 물을 들이켰다.

그사이, 상준과 유찬은 막판 스퍼트를 내고 있었다.

"저 둘은 왜 아세대를 찍고 있냐."

"아아악!"

"헉… 헉."

거의 유찬에게 따라잡힐 즈음, 상준이 벤치를 밟고 날았다.

송준희 매니저는 기겁하며 자리에서 일어섰다.

행여 다치기라도 할까 봐 걱정하던 순간.

"도착했다, 도착!"

상준이 먼저 시작 지점으로 돌아왔다.

*　　　　　*　　　　　*

─아니, 왜 저렇게 열심히 해ㅋㅋㅋㅋㅋㅋ

ㄴ너무 열심히 해서 놀람

ㄴ22

─날아라 상준이

ㄴㅋㅋㅋㅋㅋㅋㅋ 하늘다람쥐임?

ㄴ벤치 뛰어넘는 거 보고 기겁함

─제현이 혼자 평온한 거 봐ㅋㅋㅋㅋㅋ

ㄴ혼자 등산 온 표정임

ㄴ먼 산을 바라보고 있는 제현이······.

—결론: 선우는 여전히 몸치다

ㄴ뼈 때리지 말라고 ㅋㅋㅋㅋㅋㅋ

ㄴ선우 울겠다 야······.

ㄴ나름 잘 뛰던데!

ㄴ선우야 혹시 너니?

ㄴ괜찮아 울지 말고 얘기해 봐

"선우 형은 몸치죠."

도영은 고개를 까닥이며 입을 열었다.

선우는 억울한 표정으로 도영의 말을 받았다.

"야, 네가 가장 먼저 탈락했잖아."

"네, 다음 댓글."

댓글을 빠르게 스캔하던 도영이 웃으며 고개를 들었다.

탑보이즈 앞에 들어오고 있는 빨간불.

상준이 상기된 목소리로 말을 뱉었다.

"오, 벌써 3만 명 들어오셨다."

"자, 시작할까요?"

오랜만의 단체 유이앱.

크리스마스 기념 유이앱이기에 멤버들 모두 평상시보다 들뜬
얼굴이었다. 더욱이 오늘은 특별히 크리스마스 무대를 펼쳤던
인형 탈을 입고서 진행하는 유이앱이었다.

"메리 크리스마스!"

"와아아악!"

"다들 집에서 보내고 계시죠? 다 알아요."

도영의 느닷없는 돌직구에 댓글창이 불타오르기 시작했다.

—아니거든 얘들아 ㅠㅠㅠ

—너무하다 진짜

—너어는… 진짜 나빠따…….

—저는 사람들이랑 보내고 있어요^^ 카페거든요 ㅎ…….

—그 와중에 복장 졸귀네ㅠㅠ

거기에 한술 더 뜨는 상준.

"외롭고 쓸쓸하게, 여러분들이 그렇게 지내실까 봐 걱정돼서 유이앱을 켜봤어요."

상준은 피식 웃으며 댓글들에 하나씩 답하기 시작했다.

단연 팬들이 가장 관심 있는 건, 지난번에 올라온 놀이공원 도전 영상이었다.

"놀이공원 영상 보셨죠?"

"네에에."

도영은 두 눈을 반짝이며 상준을 힐끗 돌아보았다.

"사실 그 영상에 안 나온 게 하나 있거든요."

"영상에 안 나온 거?"

상준도 금시초문이었다. 멤버들이 놀란 얼굴로 묻는 말에, 도영은 의미심장한 미소를 지었다.

"상준이 형 종이봉투만 되게 찾기 힘들지 않았어요?"

헐떡이며 놀이공원 내부를 열심히 뒤지던 기억.

'아니, 내 건 왜 이렇게 어려운 데 숨겨놨어.'

상준은 경악하며 도영을 돌아보았다.

그런 도영의 입에서 튀어나온 묵직한 한마디.

"사실 제가 숨겨놨……."

"와."

충격적인 도영의 한마디에 유찬은 탄식을 뱉었다. 유일한 피해자였던 유찬은 언성을 높이며 억울함을 토로하기 시작했다.

"아니, 영상 보는데 상준이 형이 내 걸 숨긴 거야."

"이거 원래 이렇게 막 숨겨도 되는 거예요?"

승부에는 관심이 없어 보이는 해맑은 제현이 물음을 던지자, 도영과 상준은 동시에 헛기침을 했다.

"크흠."

"나만 그럴 줄 알았는데, 이 형도 똑같이 하더라."

"방송 보고 놀랐지."

"엄청 감탄했지."

─이게 무슨 난장판이야 ㅋㅋㅋㅋㅋㅋ

─속고 속이는 놀이공원 레이스……

─꼬리잡기가 아니라 종이봉투 숨기기 아님?

─유찬이만 의문의 1패

상준은 감탄하며 도영과 악수했다.

"동생아, 뭘 좀 아는구나."

"물론이지, 형."

"다들 저리 가! 저리 가라고!"

유찬은 손사래를 치며 둘 사이를 갈라놓았다.

유일하게 정신 줄을 잡고 있었던 리더 선우는 제현의 눈을 가렸다.

"제현아, 저런 거 배우는 거 아니야."

그 와중에도 제현은 충실히 메모를 하고 있었지만.

[뒤통수].

오늘도 막내에게 좋은 것만 알려주는 탑보이즈 멤버들이었다.

"아, 진짜 어이가 없네요."

한참동안 정신없이 웃어대던 도영은 루돌프 코를 만지작거리며 다시 댓글을 확인했다.

―세 번째 도전은 뭐야????

―ㅋㅋㅋㅋㅋㅋㅋㅋㅋ

―세 번째 도전은 속고 속이는 심리전인가

―설마 ㅋㅋㅋㅋㅋ

"아, 세 번째 도전!"

요 근래 팬들에게 가장 호응이 좋은 챌린지 영상이다.

번지점프와 놀이공원에 이어서 세 번째 도전이 어떤 건지 궁금해하는 댓글들이 많았다.

　문제는……

　"저희도 몰라요."

　상준이 머쓱한 미소를 지으며 말을 뱉었다.

　아직 전해 들은 바가 없었으니.

　도영도 고개를 격하게 끄덕이며 말했다.

　"실장님이 일단 저지르시고 저희한테 말을… 악!"

　필터링 없이 조잘대는 도영의 말을 막은 건 유찬이었다.

　도영의 옆구리를 세게 찌른 유찬은 애써 태연한 얼굴로 콧노래를 흥얼거렸다. 도영은 억울한 낯빛으로 화제를 돌렸다.

　"으윽, 이건 없던 일로 하고. 여러분, 애장품 받으셨나요?"

　"와아아아, 애장품 갔어요?"

　크리스마스 기념으로 준비했던 애장품.

　거기에 싸인 CD 50장까지. 꽤 많은 팬들을 위해 선물을 준비한 탑보이즈였지만, 엄청난 신청자 수만큼 못 받은 사람이 훨씬 더 많을 수밖에 없었다.

　─ㅠㅠㅠㅠㅠㅠㅠㅠㅠㅠ

　─나도 받고 싶다 애장품…….

　─씨디도 못 받았어요ㅠㅠㅠㅠ

　─나만 못 받은 게 아니라는 생각에 뿌듯해진다

　─난 받았다!!!! 꺄아아아아아아

　"아, 못 받으신 분이 많나 봐요."

상준은 안타까운 눈길로 댓글을 살폈다.

그러고는 이내 도영을 보며 두 눈을 반짝이기 시작했다.

"아, 팬들이 속상해하시네요."

"아?"

"아무래도 특별한 선물을 보여 드려야 할 거 같은데."

계획상에선 전혀 없던 말이다.

"무슨 선물이요?"

"차도영 씨가 준비했거든요."

"아? 제가요?"

영문을 모르는 도영이 두 눈을 끔뻑이는 사이, 상준이 도영의 어깨를 토닥였다. 온몸을 감싸고 도는 불길한 기분.

상준이 웃으며 입을 열었다.

"루돌프 옷도 입고 있잖아요."

"아, 네."

"루돌프 성대모사 좀 보여주세요."

"와아아아!"

당황한 표정의 도영과는 달리, 유찬과 선우가 박수를 치며 응원하기 시작했다. 이럴 때는 손발이 아주 잘 맞는다.

"와, 너무 기대되는걸?"

—와아아아아아ㅏ

—루돌프 성대모사 ㅋㅋㅋㅋㅋㅋㅋㅋ

—일단 지르고 보는 거냐고 ㅋㅋㅋㅋㅋㅋ

—너무 기대된다!!!!

급하게 도움을 요청하는 눈빛을 팬들에게 보내보지만, 온탑조차 도와주질 않는다. 유찬은 루돌프 귀를 잡아당기며 능청스레 말을 뱉었다.

"어제 도영이가 연습하더라고요."

"아, 맞네. 루돌프 성대모사."

"아니, 미리 말이라도 좀 하고 시켜주세요."

까마귀 성대모사까지 별의별 성대모사를 섭렵해 온 탑보이즈지만, 루돌프 성대모사는 좀 억울하다.

도영이 항변하는 사이, 댓글창은 한층 불타올랐다.

도영은 한숨을 내쉬며 해탈한 표정으로 입을 열었다.

"루… 루돌프도 우나요."

"그럼요. 루돌프도 사람인데."

"걔가 왜 사람이야."

괜히 입을 열었다가 타박을 들은 제현은 해맑게 도영을 응원했다.

사슴 울음소리조차 들어본 적이 없는 도영이기에, 남은 건 상상력뿐이다.

그리고 도영의 입에서 흘러나온 울음소리는.

"꾸에에에. 꾸엑."

"네, 다음 질문 볼게요."

"……."

칼같은 유찬의 차단에 도영은 시무룩한 표정으로 고개를 숙였다.

루돌프가 어떻게 우는지는 알 길이 없지만.

"야, 그건 동심 파괴야."

"사실 도영이 형이 저렇게 울어요. 밤에 잘 때."

"…네, 정말 무섭습니다."

상준은 고개를 끄덕이며 제현의 말에 격하게 동감했다.

'꾸엑.'

저 소리에 놀라서 깬 게 한두 번이 아니었다.

급격히 하향곡선을 그리는 도영의 이미지에 그의 어깨도 따라 축 처졌다. 정신없이 웃던 상준은 도영을 위해 화제를 돌려주었다.

"저희가 크리스마스라서 또 빼놓을 수 없는 게 있는데……."

"꾸엑."

"크리스마스트리를 좀 꾸며보려 하거든요."

"꾸에엑. 악!"

루돌프 모자를 뒤집어쓴 채 서글프게 울고 있는 도영.

유찬은 그런 도영을 간단히 응징했다.

"…꾸엑."

상준은 혀를 내두르며 뒤편의 크리스마스트리를 손으로 가리켰다.

"여기 트리가 있네요. 정말 감성적이지 않나요."

―삭막한데????

―어, 어디가 감성적인 거야?

―아냐 ㅠㅠ상준이가 감성적이라면 감성적인 거야

―ㅋㅋㅋㅋㅋㅋㅋ 심지어 목소리도 담담해

댓글 반응을 확인한 상준은 헛기침을 하며 말을 덧붙였다.

"곧 감성적이게 될 트리입니다."

아직 멤버들이 꾸미지 않아 텅 비어 있는 쓸쓸한 트리.

그 위를 꾸밀 장식들을 멤버들이 직접 만들어내는 것이, 오늘의 유이앱 마지막 과제였다.

"와, 여기 공 엄청 많네."

대본을 확인한 선우가 고개를 끄덕이며 설명했다.

"네, 여기 이 공들에다가 새해 목표를 하나씩 써주시면 됩니다."

"아."

시킨다면 또 열심히 하는 탑보이즈다.

한참을 고민하던 상준이 가장 먼저 마커로 목표를 써넣었다.

수많은 목표들이 있겠지만, 상준이 가장 중요하게 생각하는 건 따로 있었다.

바로.

"건강."

"…아."

"우리 탑보이즈 멤버들 새해에도 건강하고, 앞으로도 성실하게 좋은 무대 펼쳐주길……."

건강.

상운 때문인지 가장 먼저 떠올랐던 단어였다.

유감스럽게도 동생들은 그 깊은 뜻을 이해하지 못했지만.

"…저희 아버지도 저런 말씀은 안 하시는데."

"새해 덕담이네요, 정말."

─아 훈화 말씀 ㅋㅋㅋㅋㅋㅋㅋㅋ

─아니, 거기서 새해 덕담을 왜 하고 있얼ㅋㅋㅋㅋㅋ

─그 와중에 너무 진지해 ㅠㅠ

"그렇죠, 여러분?"

흐뭇한 미소를 짓고 있는 상준의 뒤로 유찬이 불쑥 다가왔다.

크리스마스트리에 화려한 금빛 장식이 박혀 있는 공을 걸어 둔 유찬은 뿌듯한 표정으로 입을 열었다.

"저는 특별한 목표가 하나 있거든요."

어느덧 데뷔한 지 반년이 훌쩍 흘러 버린 시간.

정신없이 앞만 보고 달려온 올 한 해였지만, 유찬에겐 이 해가 지나가기 전에 꼭 이루고 싶은 게 있었다.

'저희… 데뷔해요?'

인생에 한 번뿐일 꿈만 같던 시간.

그 시간만큼 한 번뿐인 목표가 있었다.

"신인상이 받고 싶어요."

오직 신인만이 받을 수 있는 상.

그렇기에 기회가 한 번뿐인 간절한 목표.

"……."

그래서일까. 유찬은 그 상이 너무도 갖고 싶었다.

"맞네."

상준은 흐릿한 미소를 지으며 고개를 끄덕였다

올해의 남은 마지막 목표. 그 목표를 이룰 수 있도록.

"여러분이 지켜봐 주세요."

그렇게 스펙터클한 연말이 다가오고 있었다.

제5장

시상식

정신없었던 크리스마스마저 흘려보내고, 이제는 정말 연말 스케줄만 남아 있는 상황. 조승현 실장은 턱을 쓸어내리며 멤버들을 돌아보았다.

"얘들아."

쉽게 입을 열지 않고 뜸을 들이는 조승현 실장이다.

한 해의 결산이라고도 할 수 있는 중요한 스케줄.

시상식만이 남아 있었기 때문이었다.

"너네 첫 번째 시상식 일정이 AGA 뮤직 어워드거든."

"네."

어게인 뮤직에서 진행하는 시상식.

신인상 후보에는 탑보이즈도 올라 있었다.

어게인 뮤직 뒤로 연초까지 다양한 시상식들이 포진되어 있었지만, 가장 큰 규모의 시상식인 만큼 조승현 실장의 기대도 컸다.

"이번에 특별히 세 무대나 받아 왔거든."

"세 무대요?"

신인이 세 무대나 오르는 것이 결코 쉬운 일이 아니다.

놀란 눈으로 물어오는 멤버들에게 조승현 실장은 자신 있게 고개를 끄덕여 보였다.

"모닝콜이랑 에펠은 완곡이 아니긴 한데, 일단 그 두 곡 먼저 들어갈 거야."

"와, 두 곡 다 보여주는 게 어디예요."

애당초 두 곡이나 주어졌다는 것 자체가 탑보이즈의 인지도가 신인 중에선 톱급임을 의미했다. 거기에 마지막 하나의 무대까지.

도영은 두 눈을 동그랗게 뜨며 조 실장에게 물었다.

"근데 마지막 건 무슨 무대로 들어가요?"

아직 데뷔한 지 반년밖에 되지 않은 탑보이즈다.

모닝콜과 에펠 외는 타이틀곡이 없는 상태다.

잠시 고민하던 유찬이 도영의 말에 답했다.

"그 위에서 아냐?"

"아 그런가?"

가장 최근까지 진행했던 활동곡.

곰곰이 떠올려 보자면 「그 위에서」 이외의 다른 노래는 없어 보였다.

그런데, 이어지는 조승현 실장의 말은 전혀 뜻밖이었다.

"글쎄. 무슨 곡인지는 나도 모르겠는데."

"네?"

"아니, 실장님이 모르시면 누가 알아요."

"자유곡이에요?"

의미심장한 조 실장의 한마디에 쏟아지는 질문들.

도영과 제현은 동시에 고개를 내밀며 조승현 실장을 올려다보았다.

조승현 실장은 정신없다며 손사래를 쳤다.

"그게 아니라."

자리에 앉은 조승현 실장은 짧게 상황을 설명했다.

"합동무대로 들어갈 거거든."

조승현 실장은 상준을 힐끗 돌아보며 흐뭇한 미소를 지어 보였다.

처음 데뷔할 때만 해도 물가에 내놓은 어린애처럼 불안했지
만, 상준이 있는 이상 곡 선정은 크게 걱정할 것이 없었다.

"너네가 알아서 잘할 거라 믿으니까 곡은 상의해서 정하고, 구
체적인 포맷 나오면 나한테……."

"합동무대요?"

"누구랑요?"

아.

아무 생각 없이 질문을 쏟아내던 멤버들은 뒤늦게 깨달았다.

합동무대를 펼칠 같은 엔터 팀이라면 하나밖에 떠오르질 않았다.

"블랙빈."

*　　　　*　　　　*

12월 28일.

AGA 뮤직 어워드 시상식까지는 겨우 3일이 남은 상황.

연말 시상식을 위해 '모닝콜'과 '에펠' 무대는 이미 준비해 뒀었던 탑보이즈지만, 남은 협동 무대를 준비하기에는 턱없이 부족한 시간이었다.

"아니, 미리미리 좀 알려주면 뭐가 덧… 안녕?"

블랙빈 멤버들도 같은 생각이었던 모양인지 복도에서부터 투덜대는 목소리가 들려온다.

"어……!"

상준은 문을 열고 들어오는 익숙한 얼굴들에 반사적으로 고개를 숙였다. 은수와는 여러 번 본 사이지만, 다른 멤버들까지는 상준도 잘 모르는 상태였다.

"안녕하세요."

"뭔 안녕하세요야."

고개를 숙이는 상준을 보고선 은수는 황당하다는 듯이 말을 뱉었다. 상준은 어색한 미소를 흘리며 머리를 긁적였다.

그도 그럴 것이, 블랙빈의 다른 멤버들의 포스가 장난이 아니어서였다.

차은수, 찬, 레이, 강원.

상운의 부재로 어쩔 수 없이 그들끼리 데뷔하게 된 4인조 그룹.

같은 엔터에서 데뷔하긴 했지만, 탑보이즈와는 색깔이 많이 달랐다.

청량한 스타일을 추구하는 탑보이즈와는 달리, 블랙빈은 파워풀하고 강한 컨셉을 중점으로 돌아가는 그룹이었다.

그래서일까.

'아니, 뭐가 이렇게 커.'

분명 비슷한 키인데도 덩치가 장난이 아니다.

상준은 두 눈을 끔뻑이며 자신의 앞에 선 블랙빈의 강원을 바라보았다.

블랙빈의 맏형인 그는 상준보다도 한 살이 많았다.

"…잘해봅시다."

한참의 고민 끝에 그럴싸한 말을 찾아낸 상준은 웃으며 손을 내밀었다. 상준이 진지한 표정으로 블랙빈 멤버들과 인사를 주고받는 사이, 제현은 오랜만에 보는 형들에게 쪼르르 달려갔다.

"강원이 형이다!"

평상시엔 감정 표현이 별로 없는 제현이 저리도 신이 나서 달려가는 걸 보니 강원과는 꽤 친한 사이인 모양이었다.

아직 열심히 성장 중인 제현과 비교하니 훨씬 더 차이 나 보이는 덩치.

'제현이가 어려서 떨어졌다더니.'

이렇게 보니 도영과 제현이 왜 저 데뷔조에 합류하지 못했는지 이해가 간다.

"잘 지냈냐."

묘하게 사투리가 섞여 있는 투로 제현의 머리를 토닥이는 강원. 카리스마 있던 분위기와는 전혀 상반되는 말투다.

상준은 흐뭇한 미소를 지으며 예전에 상운이 했던 말을 떠올렸다.

'강원이 형이 동생들을 잘 챙겨.'

함께 데뷔조에 오른 멤버들의 사진을 보여주면서 상준에게 재잘대던 상운이었다. 나중에 정식으로 소개해 주겠다며 들떠 있던 상운을 생각하니, 상준의 입가에 씁쓸한 미소가 걸렸다.

"와, 소속사에서 보는 건 처음이네."

과거를 회상하고 있던 상준의 정신을 깨운 건 찬이었다.

블랙빈에서 은수 다음으로 안면이 있는 멤버였다.

상운의 연습을 기다리다가 몇 번 마주친 적이 있었으니까.

"그러게. 여기서 보네."

블랙빈의 막내, 찬.

신기한 인연이라고 중얼대던 찬은 웃으며 손뼉을 크게 쳤다.

시상식까지 겨우 3일이 남은 상태니, 한시라도 빨리 연습에 들어가야 했다.

"우리 무슨 곡으로 할까?"

"아."

곡 선정까지 탑보이즈와 블랙빈에게 맡긴 뒤였기에, 멤버들은 단체로 난처한 표정이 되었다. 사실 선배이자 인지도가 있는 블랙빈의 대표곡을 함께 커버해도 되는 부분이긴 하지만, 은수의 생각은 달랐다.

"대표곡 두 개를 섞어서 들어가면 좋을 거 같은데."

"우리랑 블랙빈?"

도영의 물음에 은수는 고개를 끄덕였다.

먼저 얘기를 꺼내준 것 자체가 배려가 돋보이는 부분이었다.

"좋네."

"나도 찬성."

반대할 이유가 없는 의견이긴 하지만 걱정되는 부분이 있었다.

상준은 걱정스러운 눈길로 입을 열었다.

"그런데 스타일이 너무 다르지 않나."

아무리 되짚어봐도 탑보이즈의 타이틀곡과 블랙빈의 타이틀곡은 접점이 없었다. 스타일이 정반대로 갈리니 잘 어우러질까 의문이 들 수밖에 없었다.

"그건 그러네."

은수도 상준의 말에 동감했다. 너무도 다른 두 곡의 스타일.

그렇다고 블랙빈의 수록곡을 집어넣기엔 타이틀곡만 한 임팩트가 없을 터였다. 잠시 고민하던 도영은 어깨를 으쓱였다.

"그런데 뭐가 걱정이야?"

"어?"

"우리에겐 상준이 형이 있잖아."

"…나는 또 왜."

도영의 칭찬에 우선 기겁하고 보는 상준.

불길한 기운이 상준을 감싸고 돌았다.

그리고 그 예감은 맞아떨어졌다.

"이 형은 아리랑이랑 헤비메탈도 콜라보하잖아."

"와, 맞네."

"베토벤 선생이셔. 다들 인사드리도록 해."

"와아아아."

망할.

상준은 입술을 지그시 깨물며 도영을 노려보았다.

은수는 도영의 멘트를 능청스럽게 받았다.

고개까지 숙여 보이며 상준에게 악수하는 은수.

"아니, 베토벤 선생님이 왜 여기에."

"…하지 마라."

「21세기의 베토벤」.

그 재능이 상준의 머리 위에서 깜빡이긴 했지만, 이런 상황을 바라왔던 건 아니다. 은수는 한술 더 뜨며 말을 쏟아내었다.

"누추하신 분이 이렇게 귀한 곳에 오시다니."

"……."

"아니, 반대로 말했구나."

"와, 형 진심 나온 거 봐."

"아니야, 이 모짜렐라 자식아."

이럴 때만 죽이 잘 맞는 형제.

분위기만 봤을 땐 닮았다고 생각한 적이 크게 없었는데, 이렇게 보니 새삼 핏줄의 힘이 무섭다.

상준은 혀를 내두르며 말을 뱉었다.

"…똑같은 것들."

"와, 상준이 형. 그건 나에 대한 모욕이야."

"기분은 내가 나쁘지, 네가 왜 나쁘냐? 저거, 저 모짜렐라 새……."

"그만, 그만!"

어김없이 싸워대는 둘의 사이를 막아선 건 선우였다.

"그래서 어떻게 할 거야?"

"아, 맞다. 그래. 베토벤 선생님, 작곡 가능하세요?"

은수의 물음에 상준은 한숨을 푹 내쉬었다.

가능하든 말든, 일단 해보긴 해봐야 한다.

「21세기의 베토벤」.

아까부터 미묘하게 떠오르던 악상.

기름 위에 물감 한 방울을 흘린 것처럼 보잘것없던 악상은, 마블링처럼 상준의 머릿속에서 퍼져 나가기 시작했다.

"으음."

탑보이즈와 블랙빈의 색깔을 동시에 살릴 수 있는 무대.

그러면서도 자연스럽게 둘의 색깔을 어우러지게 해야 한다.

결코 쉽지 않은 작업이지만.

"아."

한참을 고민하던 상준의 두 눈이 반짝였다.

"이렇게 하면 되겠네."

*   *   *

"탑보이즈 리허설 시작하겠습니다!"

연습에 올인 했던 3일의 시간이 지나고, 마침내 AGA 뮤직 어워드 당일이 되었다. 상준은 긴장한 기색으로 침을 삼키며 무대에 올랐다.

"진짜 넓다."

그동안 섰던 무대와는 차원이 다른 넓은 무대.

저 넓은 관객석을 가득 채울 관객들을 떠올리니 한편으로는 긴장이, 한편으로는 설렘이 느껴졌다.

"자, 시작할게요."

이따가 펼쳐질 완벽한 무대를 위한 리허설.

상준은 자리를 잡은 채 MR이 깔리길 기다렸다.

탑보이즈의 데뷔곡 「모닝콜」이 흘러나오고.
도영은 여유로운 미소를 지으며 누워 있던 몸을 일으켰다.

아침을 깨우는 소리 잠에서 일어나
너로 인해 시작하는 하루

이런 공식 무대에서 「모닝콜」을 선보이는 것은 오랜만이다.

오후까지 기다리긴 싫어
그래서 전화했어

상준은 여유로운 미소를 지으며 자신의 파트를 이어갔다.
몸이 기억하는 절도 있는 안무.
라이브로 흘러나오는 목소리마저 완벽했다.

내 얘기를 들어볼래
I wanna hear your voice
아침을 깨우는 story

함성을 지르는 관객은 없지만, 그 어느 때보다 실전 같은 무대.
모닝콜의 하이라이트 파트가 끝나고, 상준은 카메라 쪽을 향
해 미소 지으며 손을 치켜들었다.
전화를 받는 듯한 동작.
멤버들에게 수도 없이 놀림받던 파트지만, 이제는 제법 뻔뻔

해졌다.

"전화받아."

그 한마디와 동시에 원래는 새롭게 깔려야 하는 「EIFFEL」의 도입부.

그런데.

"어……?"

지지직.

잠시 MR에서 소음이 들리더니, 이제는 노래가 끊겨서 나온다.

"거기 똑바로 안 해!"

음향감독이 신경질적인 목소리로 언성을 높였다.

어차피 리허설 무대라서 크게 상관은 없지만, 생방송이었다면 엄청난 방송 사고로 이어질 수도 있는 실수였다.

"어우, 힘들었네."

다행히 무사히 리허설 무대를 마친 탑보이즈.

상준은 아찔했던 음향사고를 떠올리며 말을 뱉었다.

아까의 상황에서도 침착하게 서 있던 유찬은 대수롭지 않은 얼굴로 말했다.

"생방송 때만 안 그러면 되지."

"그건 그러네."

상준은 고개를 끄덕이며 마지막으로 안무를 체크했다.

"여기 이 파트에서 실수하면 안 되고."

"아직도 연습 중이야?"

"너도 와서 동선 체크해 봐."

"오케이."

대기실에 들어가서도 멤버들은 한참 동안 연습에 매진했다.

더욱이 블랙빈과의 합동무대는 연습 기간이 짧았던 만큼 더 걱정되었다. 그런 걱정을 메울 수 있는 방법이라고는 연습밖에 없음을 알기에, 잠깐의 대기 시간도 허투루 쓰지 않는 탑보이즈였다.

"잘할 수 있겠지?"

인생 첫 시상식.

그리고 생방송으로 진행되는 무대인 만큼 상준은 긴장한 기색으로 말을 뱉었다.

그렇게 몇 시간을 대기했을까.

"이제 출발하자."

송준희 매니저가 대기실의 문을 열어젖혔다.

*   *   *

무대에 올라선 탑보이즈.

앞을 가리고 있던 커튼이 천천히 올라가자마자, 상준의 심장이 빠르게 뛰기 시작했다. 이미 리허설 때 한번 봤던 무대지만.

'와.'

감탄이 절로 나온다.

아까는 텅 비어 있던 관객석을 가득 메운 사람들.

음악방송 무대와는 비교도 되지 않을 정도로 우렁찬 함성 소리가 울려 퍼진다.

"와아아아아아!"

"꺄아아!"

"탑보이즈! 탑보이즈! 탑보이즈!"

길게 이어지는 함성 소리.

상준은 벅찬 감정을 숨기며 애써 담담하게 앞으로 나섰다.

웅장한 배경음과 함께 중앙에 선 탑보이즈.

"와아아악!"

귓가를 때리던 함성 소리도 천천히 사그라들고.

익숙한 모닝콜의 전주가 울려 퍼졌다.

자연스럽게 몸을 일으키는 도영. 리허설 무대처럼 깔끔한 안무가 노래의 시작을 알렸다.

아침을 깨우는 소리 잠에서 일어나

너로 인해 시작하는 하루

생방송으로 중계되고 있는 무대와 끝이 보이지 않는 수많은 관객들. 긴장할 수밖에 없는 상황이지만, 지금의 상준은 무대를 즐기고 있었다.

내 얘기를 들어볼래

I wanna hear your voice

아침을 깨우는 story

여유로운 미소를 지으며 카메라를 따라가는 상준.

수없이 연습했던 결실이 무대 위에서 고스란히 펼쳐지고 있었다.

손발을 뻗을 때마다 온몸의 감각이 살아나는 기분. 사소한 디

테일도 놓치지 않으려는 상준의 진심이 안무에 묻어 나왔다.

"전화받아."

정면을 바라보며 미소 짓는 상준의 한마디와 함께,「EIFFEL」의 전주가 자연스럽게 흘러나왔다.

리허설 때와는 달리 별문제 없이 흘러간「모닝콜」의 무대.

아까까진 생글거리던 멤버들의 표정이 순식간에 몽환적인 눈빛으로 바뀌어갔다.

저 위로 올라가 보려 해
꿈꿀 수 없는 높은 탑이라고 해도

머리 위를 비추는 은은한 조명. 그 조명이 탑의 정상이라고 생각하며, 상준은 흐릿한 미소를 지어 보였다.「모닝콜」과 연속으로 이어지는 무대인 만큼 지칠 법도 한데, 표정은 평온 그 자체다.

그래서 물었어
그곳은 어떠니 모든 게 다 보이니

유찬과 선우가 주고받는 랩 파트가 끝나고 도영의 청량한 목소리가 노래를 이어갔다.

빛이 보였어
그곳에 함께해 줘

"Dream the top!"

나도 올라설 수 있을까

드넓은 무대를 함께 채워주는 팬들의 응원 소리.

그곳에서 발견한 거야
나 혼자가 아니라는 걸

그 소리에 힘입어 상준이 웃으며 자신의 파트를 받을 때였다.
'어?'
"뭐야, 어떻게 된 거야."
"노래 끊겼는데?"
리허설과는 또 다른 파트에서 발생한 음향사고.
관객들 모두 경악한 표정으로 무대를 살폈다.
'망했다.'
그 한 단어가 머릿속을 맴돌긴 했지만 이대로 무대를 망쳐 버릴 수는 없었다.
라이브로 노래를 열창하던 상준은 애써 침착한 표정으로 무대를 대처했다.
"언제나 밝게 빛나줘─."
「무대의 포커페이스」.
충분히 당황했지만 티는 내지 않는다.
상준의 감미로운 목소리가 시원시원하게 올라갔다.

"그 위에서 빛나줄래—."

MR이 전혀 나오지 않는 상황에서도 여유롭게 카메라를 향해 시선 처리를 하는 모습. 무대 뒤편에 서 있던 스태프들은 놀란 눈을 끔뻑였다.

"라이브로 하고 있는 거야?"

"지금 라이브인가 본데……?"

분명 라이브일 텐데도 전혀 흔들림이 없는 목소리.

관객석을 가득 메운 팬들은 저도 모르게 탄성을 내뱉었다.

"그 위에서 빛나줄래!"

"와아아아!"

"Dream the top!"

당황한 멤버들을 위해 「EIFFEL」의 가사를 따라 불러주는 팬들.

MR의 빈자리를 채워주는 팬들의 노랫소리에, 상준은 가슴 한 편이 먹먹해지는 걸 느꼈다.

'진심 어린 응원.'

그 응원에 자신이 보답할 수 있는 길은 완벽한 무대를 선보이는 것일 뿐이었다. 상준은 촉촉해진 눈시울로 화려한 퍼포먼스를 선보였다.

"와아아아!"

막힘없이 이어지는 안무들. 그사이, 간신히 음향 문제를 잡아냈는지 「EIFFEL」의 원래 MR이 마저 흘러나왔다.

언제나 밝게 빛나줘

멤버들의 자연스러운 보컬과 함께, 탑보이즈의 첫 번째 무대
는 끝이 났다. 대형 사고로 당황했을 멤버들 때문인지, 엄청난
함성이 무대 밖을 뒤흔들었다.

"와아아아아!"

"탑보이즈! 탑보이즈! 탑보이즈!"

"잘했어! 잘했어어어!"

팬들의 함성 속에서 전율을 느끼며, 멤버들은 얼떨떨한 기분
으로 무대를 내려왔다.

"와."

아찔했던 순간.

라이브로 무대를 선보이지 않았더라면 그 짧은 순간에 엄청난
공백이 생겼을지도 모르는 일이었다.

"수고했다."

무대에서 내려오는 멤버들을 확인한 송준희 매니저가 가장 먼
저 건넨 말.

내색은 안 했지만 적잖이 놀란 멤버들이다. 송준희 매니저는
그런 멤버들을 토닥이며 엄지손가락을 치켜세웠다.

"잘했어, 진짜. 안 당황하고."

"저 정말 식겁했잖아요."

해당 파트였기에 가장 놀랐을 상준이다.

선우는 미소를 지으며 상준에게 말했다.

"진짜 대처 잘했어."

"맞아, 큰일 날 뻔했어. 아까는."

"나는 당황해서 노래도 못 부를 뻔했잖아."

아까 일만 떠올리면 심장이 떨어져 나가는 기분이 들었다.

그래도.

"따라 불러주시는 게 너무 좋더라."

그렇기에 더 감동적이었던 순간.

그 무대 위에서 느꼈던 전율은 앞으로도 잊지 못할 터였다.

상준은 흐릿한 미소를 지으며 급하게 댓글들을 확인했다.

—아니, 어게인 뮤직 일 안 하냐고 ㅋㅋㅋㅋㅋㅋㅋ

　ㄴ그래도 애들 침착하게 잘하더라 ㅠㅠ

　ㄴㅇㅈㅇㅈ 엄청 놀랐을 텐데

　ㄴ최고의 무대였다

　ㄴ탑보이즈 멋있다아아아

—뜻밖의 라이브 인증

　ㄴㅋㅋㅋㅋㅋㅋㅋㅋㅋ

　ㄴ근데 너무 잘 불러서 놀람

　ㄴㄹㅇ 음원인 줄

　ㄴ음원보다도 더 잘 부르더라

　ㄴ놀랐을 탑보이즈도, 온탑들도 모두 수고했어 ㅠㅠ

"다들 잘했다고 난리야."

송준희 매니저는 뿌듯한 표정으로 멤버들을 바라보았다.

그제야 긴장이 팍 풀린 상준은 벽에 몸을 기댔다.

유찬과 도영은 혀를 내두르며 말을 주고받았다.

"어쩐지 리허설 때 싸하더라니."

"그러게. 진짜 대형 사고였잖아."

이래저래 스펙터클한 무대였다.

그래도 첫 번째 무대를 최선을 다해 마쳤다는 사실이 지금으로서는 뿌듯할 따름이었다.

"그래도 저희 무대 되게 잘 나왔나 보네요."

"이제 합동무대만 남은 건가?"

다음 무대까지의 시간도 많이 남지 않았다.

상준은 땀을 훔치며 물을 벌컥벌컥 마셨다.

야심차게 준비한 이번 합동공연.

탑보이즈와 블랙빈의 팬들 모두에게 완벽한 무대를 만들어보고 싶었다.

"자, 출발하자."

잠깐의 휴식 시간이 끝나고 멤버들은 자리에서 벌떡 일어났다.

조명과 어울리는 새하얀 의상으로 바꿔 입은 멤버들은 조잘대며 복도를 걸어갔다.

"아, 이번엔 진짜 실수 없어야 할 텐데."

"우리만 잘하면 돼."

"파이팅, 파이팅."

그렇게 서로를 북돋우며 코너를 돌던 순간.

상준의 눈에 달갑지 않은 얼굴들이 들어왔다.

"안, 안녕하세요."

"네, 안녕하세요."

나란히 신인상 후보에 오른 오르비스 멤버들.

그때 그 난리 이후 오랜만이지만 상당히 어색한 재회다.

여전히 상준을 의식하는 해강의 눈빛을 흘려 버리며, 상준은 거침없이 무대를 향해 걸어갔다.

"네, 탑보이즈, 블랙빈 합동무대 시작하겠습니다."

스태프의 안내를 따라, 탑보이즈 멤버들은 무대 뒤편에 나란히 섰다.

지금은 오르비스를 신경 쓸 시간이 아니었으니까.

다음 무대를 기다리는 동안, 도영은 힘차게 말을 뱉었다.

"이번엔 무대를 부숴 버리자."

"형, 부수면 안 돼."

"아니, 말이 그렇다는 거지."

제현의 말에 도영은 타박을 놓으며 웃음을 흘렸다.

무대를 정말 부숴 버리겠다는 각오.

"네, 들어가겠습니다."

살벌한 포부와 함께, 멤버들은 무대 위로 올랐다.

$$* \qquad * \qquad *$$

"와아아아아!"

"시작한다, 시작한다!"

"탑보이즈! 탑보이즈! 탑보이즈!"

"블랙빈! 블랙빈! 블랙빈!"

탑보이즈의 두 번째 등장.

탑보이즈의 팬들과 블랙빈 팬들이 합쳐진 덕에, 함성 소리는 아까보다도 배로 커져 있었다. 정말 무대를 부술 것만 같은 팬들의 응원 소리에, 상준은 흐뭇한 미소를 지으며 전주가 깔리길 기다렸다.

그리고.

디리링.

무대 위로 울려 퍼지는 감미로운 기타 소리.

낯선 전주에 팬들은 콧노래를 흥얼거렸다.

"새로운 노래인가?"

"그런가 본데?"

하지만, 그것도 잠시.

낯선 전주는 「EIFFEL」의 익숙한 멜로디와 합쳐지기 시작했다.

팬들은 당황한 표정으로 두 눈을 끔뻑였다.

"아니, 에펠인데?"

탑보이즈의 노래를 수십 번, 수백 번 들어온 팬들이 그 전주를 알아채지 못할 리가 없었다. 낯선 것처럼 포장해 두긴 했지만 에펠의 전주가 분명했다. 이쯤 되니 관객석이 술렁이기 시작했다.

"음향사고인가?"

"에펠을 두 번 하는 거야?"

"블랙빈 노래 하는 거 아니었어?"

그런 팬들의 걱정을 순식간에 사그라들게 할 색다른 전주.

블랙빈의 「러브 포이즌」이 울려 퍼지기 시작했다.

"뭐야, 이게."

"헐. 대박."

분위기가 전혀 다른 두 곡이라고는 믿기지 않을 정도로 부드럽게 어우러지는 전주.

파아악.

환한 불꽃이 무대 양쪽에서 터지고.

상준은 반짝이는 미소를 지으며 앞으로 나섰다.

저 위로 올라가 보려 해

꿈꿀 수 없는 높은 탑이라고 해도

분명 가사는 에펠이 맞았다.

그런데.

아까 들었던 노래와는 전혀 색다른 기분.

「EIFFEL」의 가사 뒤로 「러브 포이즌」의 멜로디가 계속해서 흘러나오고 있었다.

'에펠이랑 러브 포이즌.'

'그 두 개가 어울린다고? 딴건 몰라도 러브 포이즌은 아니지.'

블랙빈의 최고 히트곡이자, 블랙빈 내에서도 가장 파워풀한 노래.

처음에는 멤버들조차 반신반의하던 조합이었다.

하지만.

"어울려……."

그 위에서 나는 노래를 불러

This is my love poison

난 벗어날 수 없어

마치 짜놓은 듯 자연스럽게 이어지는 구절.

「EIFFEL」과 「러브 포이즌」을 이어서 부르는 대신, 상준은 그 둘을 완전히 섞는 길을 선택했다.

은수는 능숙하게 뛰어나가 격렬한 안무를 선보였다.

다른 그룹이라고는 믿기지 않을 정도로 손발이 맞는 멤버들.

강원과 제현은 합을 맞추며 노래를 주고받았다.

Dream the top
나도 올라설 수 있을까
쉬지 않고 외쳐
It's like a love poison

무대를 정말 부술 듯한 격정적인 안무.

「러브 포이즌」특유의 절도 있는 동작들을 선보이면서도 「EIFFEL」의 섬세함을 잊지 않는다.

"와……."

관객들은 넋을 놓고 무대를 바라보았다.

몽환적이면서도 신나고, 파워풀하면서도 섬세하다.

빈틈을 조금이라도 찾아볼 수 없는 완벽한 무대.

'이거다.'

상준은 머릿속에서 그렸던 무대가 온전히 실현되는 느낌을 받았다.

화려하게 비추는 조명과 함성을 내지르는 관객들.

'이곳에 너도 있었으면 좋았겠지만.'

자신의 무대가 상운에게도 닿길 바라며.

상준은 환희에 찬 미소를 지어 보였다.

무대 한복판을 가로지르는 상준과 은수.

언제나 밝게 빛나줘

It's like a love poison

그 둘이 만나는 접점에서 격정적인 안무는 끝이 났다.

"······."

그리고 이어지는 침묵.

'뭐라도 실수한 건가.'

상준이 걱정하던 순간, 넋을 놓고 있던 관객들 틈에서 탄성이 튀어나왔다.

"와."

박수를 치는 것조차 순간 잊었을 정도로 여운을 남긴 무대.

뒤늦게 정신을 차린 관객들이 함성을 쏟아내기 시작했다.

"와아아아아!"

"꺄아아아!"

"미쳤다, 대박! 대박!"

무대를 가득 메운 함성 소리에 온몸의 피로가 씻겨 나가는 기분.

"허억··· 헉."

상준은 헐떡이면서도 진심으로 웃어 보였다.

'좋다……'

즐거웠다.

올 한 해를 여기서 마무리하는 것이 너무도 가슴 벅찬 일일

만큼, 지금의 상준은 행복했다.

귓가에 끊이질 않는 함성 소리.

그게 자신이 존재하는 이유라는 생각마저 들었으니까.

"와아아아아!"

그렇게 어게인 뮤직 어워드에서의 무대는 끝이 났지만.

"……"

아직 상준에겐 많은 일이 남아 있었다.

*   *   *

스펙터클한 무대가 모두 끝났지만, 아직 상준에게 남은 하나

의 역할. 상준은 거친 숨을 몰아쉬며 대본을 손에 꼭 붙들었다.

'이번에 제안이 하나 왔는데.'

블랙빈의 차은수와 나란히 받게 된 제안.

조승현 실장은 별로 걱정할 건 없다며 대수롭지 않게 던졌었다.

'한 타임만 진행 살짝 맡아주면 돼. 은수가 경험 있으니까 알아

서 잘해줄 거야. 대본은 뭐, 워낙 잘 외우니까. 괜찮지?'

생방송 무대라는 점이 떨리긴 했지만 조 실장 말대로 옆에 은수도 있으니 할 만하리라고 생각했던 상준이다. 그래서 조승현 실장의 제안을 덜컥 수락했고.

그런데.

"와, 떨려 죽을 것 같다."

막상 현실로 다가오니 미칠 지경이었다.

선우는 상준의 어깨를 토닥이며 물병을 건넸다.

"잘하겠지. 뭘 그렇게 걱정하냐."

"대사는 다 외웠어?"

"어엉."

유찬의 물음에 상준은 고개를 끄덕이며 대사를 체크했다.

꽤나 장문의 대사지만 암기 재능을 가지고 있는 상준에겐 그다지 어렵게 느껴지지 않았다. 그와 별개로 엄청난 노력이 따르기도 했고.

"다가오는 새해, 그 시작을 알릴 설렘 가득한 무대가 준비되어 있습니다. 오르비스의 '첫사랑', 그리고 유플라이의 'Fly' 무대. 정말 기대되지 않나요?"

"좀 더 격하게 해봐."

"아, 그래?"

도영의 코멘트를 받아가며 조금씩 자세와 말투를 고쳐 나가는 상준이다. 도영은 진행의 핵심은 오버라며 예시를 선보이기 시작했다.

"형, 봐봐."

"어어."

"자, 다가오는 새해! 그 시작을 알릴! 이렇게 들어가야지."

"아, 어렵네."

상준은 머리를 긁적이며 해당 부분을 반복했다.

그 와중에도 자신의 차례를 기다리는 심장은 쉬지 않고 요동치고 있었다.

그때였다.

"자, 상준아, 들어가자."

송준희 매니저가 다급하게 상준을 불렀다.

상준은 깊은 숨을 들이쉬며 나직이 중얼댔다.

"아아악. 나 진짜 어떡하냐."

급하게 물 한 모금을 들이켜고 송준희 매니저를 따라 무대 위로 향하는 상준.

"와아아아!"

아까 무대를 펼쳤던 곳과는 달리 관객석 중앙에 마련된 간이무대에서 진행을 이어가야 한다. 천천히 무대를 향해 발을 내디딘 상준은 속으로 적잖이 놀랐다.

"꺄아아아아!"

금방이라도 관객과 닿을 것만 같은 짧은 거리.

환호성을 내지르는 관객들을 보며, 상준은 어색하게 웃어 보였다.

'너무 떨린다.'

진행을 제대로 해본 경험이 없으니 은수를 믿을 수밖에 없다.

「무대의 포커페이스」로 간신히 표정 관리를 하고 있는 상준과는 달리 은수의 얼굴에선 여유가 흘러넘쳤다.

"안녕하세요, 여러분!"

"은수야!"

"블랙빈! 블랙빈! 블랙빈!"

잠깐의 대기 시간 후 조명이 켜지자마자, 은수의 우렁찬 목소리가 울려 퍼졌다. 상준은 침을 삼키며 덩달아 미소를 지어 보였다.

카메라를 응시하며 능숙하게 이어가는 은수의 진행.

'괜찮겠지.'

상준은 그렇게 되뇌며 자신의 멘트를 기다렸다.

은수는 자신감 넘치는 목소리로 상준에게 말을 던졌다.

"네, 현재 시간 8시 45분! 수많은 가수분들이 무대를 달궈주시고 있는데요. 상준 씨, 지금 기분이 어떠신가요?"

"아, 너무 좋습니다."

애써 침착하게 말을 뱉어내는 상준.

은수는 미소를 지으며 상준의 말을 받았다.

"네, 저도 너무 설레는데요. 이다음 무대는 어떤 분들이 펼쳐주실지, 간단히 소개해 주실 수 있을까요?"

대부분의 멘트는 은수가 쳤으니 후반부의 멘트에만 집중하면 된다.

상준은 아까 외워두었던 멘트를 치기 위해 천천히 입을 뗐다.

'좀 더 격하게 해봐.'

도영의 조언을 머릿속에 새긴 채 멘트를 시작한 상준.

「위대한 언변술」.

관객들의 귀에 확실히 박힐 또렷한 목소리가 울려 퍼졌다.

"다가오는 새해! 그 시작을 알릴 설렘 가득한 무대가 준비되어 있습니다!"

"헉, 무슨 무대인가요?"

자연스럽게 대사를 받아주는 은수를 의식하지 못할 정도로 긴장한 상준. 재능의 힘으로 관객들에게 멘트를 전달하는 데에는 성공했다.

'후우.'

거칠게 숨을 몰아쉬던 상준은 자꾸만 뛰는 심장을 진정시키며 멘트를 이어갔다.

그런데.

"유르비스의 '첫사랑', 그리고 오플라이의 'Fly' 무대. 정말 기대되지 않나요?"

"아?"

뭔가 잘못된 느낌.

은수는 두 눈을 끔뻑이며 상준을 돌아보았지만, 정작 상준은 눈치도 채지 못한 모양이었다.

"푸흡."

"방금 뭔 일이 있었던 것 같은데."

"야, 모른 척해."

실수를 눈치챈 몇몇 관객들이 웃음을 터뜨리긴 했지만, 이 정도는 대형 사고 축에도 못 든다.

'괜찮아.'

은수는 그나마 안도하며 뒤늦게 미소를 지어 보였다.

'나름 자연스러웠어.'

문제는 그다음 멘트였다.

이제 오르비스의 무대를 먼저 소개하기만 하면 되는데.

'유플라이, 오르비스……. 유르비…….'

「위대한 언변술」로 목소리에 힘은 실었지만, 반쯤 넋이 나간 정신조차 돌려놓지는 못했다.

뒤늦게 자신의 실수를 깨달은 상준은 기겁하며 멈춰 섰다.

은수는 창백하게 질린 상준의 얼굴을 보며 눈짓했다.

'빨리 마저 해.'

실수하긴 했지만 이 정도는 괜찮다.

이런 진행을 처음 맡은 신인이라면 당연히 실수할 수 있는 부분이었고 뒷수습만 잘하면 된다.

그런데.

'다음 대사가 뭐지.'

암기 재능으로 다 외워 버린 뒤였음에도, 이미 머릿속이 새하얗게 질려 버린 상준.

상준은 떨리는 손으로 마이크를 붙들었다.

'감성적인 첫사랑 무… 대……. 상큼한… 뭐였지?'

혼란스러운 나머지 아무런 말도 떠오르지 않았지만, 뒷말은 이어야 한다. 마이크를 붙든 상준은 일단 말을 내질렀다.

"상, 상큼한 7인조 걸 그룹!"

"……!"

자신이 무슨 말을 뱉어내는지도 모른 채.

"오르비스의 무대가 시작됩니다!"

상준은 무대를 손으로 가리키며 우렁차게 말을 뱉었다.

─상큼한 걸 그룹 오르비스 ㅋㅋㅋㅋㅋㅋㅋㅋㅋㅋ

└이걸 이렇게 맥이네

└둘이 사이 안 좋은 거 오피셜이네 ㅋㅋㅋㅋㅋㅋㅋㅋ

└이해강 당황한 거 봄?

└졸지에 상큼한 걸 그룹 됨

─아니, 생방송 레전드 ㅋㅋㅋㅋㅋㅋ

└이거 가요 대상이 아니라 연예 대상이었으면 상준이가 대상 먹었을 듯

└ㅇㅈㅇㅈ

└야 그만 놀려…….

└망연자실한 상준이 jpg.

└사악하다

└팬 맞냐 ㅋㅋㅋㅋㅋㅋ

"푸흡."

"……."

"아, 미안."

간신히 웃음을 참고 있었는데 상준을 보자마자 웃음이 새어 나온다.

도영은 입을 가리며 소리 없이 웃어댔다.

"하."

이토록 착잡할 수가 없다. 상준은 해탈한 표정으로 벽에 기댔다.

축 처진 어깨를 보니 더 놀리기도 애매했지만, 그와 별개로 묻고 싶은 것은 있었다. 유찬은 간신히 웃음을 참으며 상준에게 물었다.

"아니, 그, 어쩌다가 그 멘트가 나온거야?"

"대본에 있었어!"

"대본에 상큼한 걸 그룹 오르비스… 가?"

"……."

간신히 참고 있던 유찬의 목소리가 바르르 떨렸다.

상준은 지끈거리는 머리를 부여잡으며 해명했다.

"그게 아니라."

"대본 줘봐."

상준에게서 대본을 받아 든 유찬은 천천히 대본을 읽어나갔다.

그리고 이내, 유찬의 얼굴이 일그러지기 시작했다.

아까보다 한층 더 힘겹게 웃음을 참는 모습.

"이게 어떻게 그 대사가 된 거냐고. 아."

"뭔데? 뭔데?"

"상큼한 7인조 걸 그룹 유플라이의 무대는 잠시 뒤에 공개됩니다. 그 전에 감성적인 첫사랑을 담아낸 오르비스의 무대를……."

"아."

그 사이에 있던 대사는 아예 빼버린 상준이다.

상준은 망연자실한 표정으로 물을 삼켰다.

"말 걸지 마."

"우리 시상식 나가야 하는데?"

"아아악!"

이미 관객들에게 흑역사를 보여주고 왔는데, 또 한 번 무대석에 서라니. 상준은 무릎에 얼굴을 파묻은 채 절망했다.

하지만, 그럼에도 시상식은 나가야 했다.

"얘들아, 가자."

송준희 매니저의 한마디에, 상준은 무거운 몸을 이끌고 나섰다.

*　　　　*　　　　*

"이야, 저기서 형 째려보는데?"

"……"

"상큼한 7인조 걸 그룹이라."

아까 상준의 소개 멘트로 또다시 사이가 껄끄러워진 오르비스.

유찬은 은근히 탑보이즈 쪽을 의식하는 해강을 발견하고선
고개를 끄덕였다.

"…상큼하네."

"아, 미쳤냐고."

도영은 숨넘어갈 듯이 웃어대며 유찬의 옆구리를 찔렀다.

본의 아니게 오르비스에게 물을 먹인 꼴이 되었으니, 상준을
제외한 다른 멤버들은 잔뜩 신나 있었다.

"푸흡."

이미 관객들도 오르비스가 등장하자마자 웃음을 참지 못하고
있었다. 이 사태의 가장 큰 장본인인 상준은 고개를 푹 숙인 채
관객들의 시선을 피하고 있었다. 그나마 상준을 달래주는 건 선
우뿐이었다.

"에이, 뭐 어때. 고개 들어."

"하."

"상큼하잖아."

"아니, 너마저."

믿고 있었던 선우마저 뒤통수를 때린다.

상준은 깊은 한숨을 내쉬며 고개를 들었다.

정면에서 사회자가 마이크를 들었기 때문이었다.

"AGA 뮤직 어워드에 참석해 주신 수많은 아티스트분들, 좋은 무대를 펼쳐주셔서 감사합니다."

간단한 인사말과 함께 AGA 뮤직 어워드의 본격적인 시상식이 시작되었다. 아까는 진행 실수 때문에 잊고 있었던 오늘의 목표가 서서히 떠올랐다.

'하, 신인상.'

오늘의 흑역사로 10년 치 놀림을 받게 된다고 해도 좋으니, 신인상만큼은 꼭 받고 싶었다. 쟁쟁한 보이 그룹이 워낙 많이 데뷔한 한 해다. 큰 기대는 안 하고 있었지만, 기대를 완전히 놓은 것도 아니었다. 탑보이즈 역시 유력 후보들 중 하나였으니까.

"후우. 떨린다."

신인상 발표까지는 한참 남은 시간.

몇 개 상의 수상자가 발표된 뒤에, 사회자는 활기찬 목소리로 다시 마이크를 잡았다.

"네, 이번에 시상할 부문은 '화제의 루키'상입니다."

"헉, 상준이 형."

"아."

넋을 놓고 있던 상준은 도영의 부름에 고개를 들었다.

아린이 속한 유플라이가 후보로 들어 있는 상.

신인상을 받을 정도의 음원 성적은 거두질 못했으니, 최근 화제의 반열에 오른 유플라이가 가장 기대하고 있는 상이었다.

"됐으면 좋겠네."

"그러게. 어떻게 되려나."

화제의 루키상도 워낙 쟁쟁했다. 보이 그룹과 걸 그룹을 구분 지어 수상하는 상이 아니다 보니 그만큼 경쟁자들이 많았기 때문이었다.

상준이 진심 어린 응원과 함께 사회자를 바라보고 있던 순간.

"화제의 루키상! 그 영광의 수상자는……!"

"유플라이입니다!"

"와아아아아!"

사회자의 입에서 기다리고 있던 한마디가 튀어나왔다.

"와, 대박이네."

"……."

무명으로 데뷔해서 빛을 볼 수 있을까 수없이 두려워했던 유플라이.

그들의 이름이 호명됨과 동시에 아린은 참고 있었던 눈물을 터뜨렸다.

"감사합니다, 정말 감사합니다!"

상준은 흐뭇한 미소를 지으며 엄지손가락을 치켜들었다.

유플라이가 지금 저 자리에 서게 된 걸 보니, 마치 제 일처럼 가슴이 먹먹해져서였다.

그런데.

"사실 저희가 상큼을 담당하는 그런 걸 그룹이거든요."

"…아?"

아린의 입에서 튀어나온 예상치 못한 소감에, 상준은 다시 붉어진 귀로 고개를 푹 숙였다.

"그런데, 아까 상큼을 다른 그룹한테 뺏겨서……."

"아, 형. 그러게, 왜 뺏었어."

도영은 깔깔대며 상준의 어깨를 툭 쳤다.

상큼을 유플라이에게서 뺏어 간 장본인은 입이 열 개라도 할 말이 없다.

물론 아린의 의도는 다른 데 있었던 것 같지만.

'은근히 먹이네.'

가만히 앉아 있던 오르비스의 표정이 차갑게 식어갔다.

간신히 표정 관리를 하고 있긴 했지만. 어째 버거워 보인다.

울먹거리는 와중에도 해강을 똑바로 바라보며 수상 소감을 이어가는 아린이다. 유찬은 다시금 감탄하며 웃음을 터뜨렸다.

"상큼은 선배님들께 맡겨두고."

"푸흡."

"앞으로는 청순한 컨셉으로 좋은 무대 보여 드리도록 하겠습니다!"

"워어어어!"

팬들의 환호성과 함께 무대를 내려가는 유플라이.

그제야 고개를 들며 박수를 치는 상준이다.

"서아린! 멋있다아아!"

함께 꿈을 향해 달려온 유플라이.

그들이 저렇게 뜻깊은 상을 받은 만큼 진심으로 응원해 주는 멤버들이다.

하지만 그것도 잠시.

열심히 웃어대던 멤버들이 이내 조용해졌다.

"네, 다음 발표 이어가겠습니다."

천천히 마이크를 든 사회자.

상준은 그의 입에서 이어질 말을 직감하고선 얼어붙었다.

'화제의 루키'상 다음으로 이어질 시상.

"올 한 해를 빛낸 신인이죠? 이어서 남자 신인상 부문 시상하도록 하겠습니다."

사회자는 정면을 바라보며 묵직한 말을 뱉었다.

미치도록 뛰기 시작하는 심장.

상준은 두 손을 간절히 모은 채 사회자의 말을 기다렸다.

그리고.

"AGA 뮤직 어워드 신인상은……."

이내 무대 위로 흐르는 정적.

사회자는 의미심장한 미소를 지으며 천천히 입을 뗐다.

*   *   *

곧 신인상이 발표되지 않을까.

쉴 새 없이 요동치던 멤버들의 심장은 이어진 사회자의 한마디에 적잖이 당황했다.

"…후보부터 살펴보겠습니다."

"아?"

김빠진 소리를 내며 고개를 푹 숙인 것도 잠시.

무대 위로 신인상 후보들의 대표곡이 하나씩 울려 퍼지기 시작했다.

오르비스의 '첫사랑', 위아영의 'GO', 에이스의 '나인틴'.

마지막으로 탑보이즈의 '모닝콜'까지.

긴장 속에서 후보들의 노래가 한 소절씩 울려 퍼졌다.

"네, 쟁쟁한 후보분들이 많이 자리하고 있는데요."

사회자의 말대로 쟁쟁한 후보였다.

그들 중 누가 받아도 전혀 이상하지 않을 정도로.

그랬기에 더욱 한 치 앞도 알 수 없던 신인상이었다.

"과연 이 중에서! 신인상의 영예를 안을 신인은 누구일까요?"

"……."

또다시 정적이 흐르고.

카메라가 신인상 후보를 번갈아 비추었다.

'제발.'

인생에서 한 번뿐인 신인상이다.

두 번의 기회는 주어지지 않기에 더욱 의미 있는 상.

앞으로 탑보이즈가 그려갈 기적의 한편에 그 상이 자리하게 해달라고, 상준은 두 손을 모은 채 기도했다.

그 순간.

"제27회 AGA 뮤직 어워드 신인상의 주인공은……!"

정적만이 가득 메운 무대.

그 위로 우렁찬 사회자의 한마디가 울려 퍼졌다.

"탑보이즈입니다! 축하드립니다!"
그와 동시에 흘러나오는 모닝콜의 하이라이트 파트.

I wanna hear your voice
오늘도 하루를 기분 좋게 시작해

"와아아아악!"
"탑보이즈! 탑보이즈! 탑보이즈!"
사방에서 쏟아지는 함성 소리에 상준은 놀란 눈으로 일어섰다.
"진, 진짜야……?"
잘못 들은 것은 아닐까.
상준은 휘청이며 주변을 둘러보았다.
"와아아아!"
"탑보이즈 앞으로 나와주세요!"
믿기지 않는 건 멤버들도 마찬가지.
떨리는 다리로 무대 위를 올라서려는데 자꾸만 균형을 잃는다.
상준은 얼떨떨한 표정으로 무대 위에 올라섰다.
"축하해!"
"와아아아아악!"
그들의 노력을 누구보다 잘 알기에, 그 자리에 있던 모두가 박수를 치고 있었다. 온몸의 감각을 깨우는 함성.
사회자는 미소를 지으며 멤버들을 손으로 가리켰다.
"네, 수상 소감 한마디 해주시죠."
수없이 그려왔지만 믿기지 않는 순간이다.

'와.'

자신의 앞에서 누구보다 기뻐해 주고 있는 팬들을 보니 이제야 조금씩 실감이 났다.

가장 먼저 마이크를 쥔 선우.

선우의 입에서 떨리는 목소리가 흘러나왔다.

"네, 우선 이렇게……."

리더 선우가 간신히 한마디를 뱉어내던 순간.

"……."

털썩.

다리에 힘이 풀린 선우는 바닥에 주저앉았다.

일어나지도 못하고 서러움을 토해내는 선우.

"흐어어억……."

"아……?"

"으어어… 흐윽."

애달픈 울음소리가 무대 위로 울려 퍼졌다.

사회자는 적잖이 당황한 듯 어서 마이크를 넘기라는 손짓을 해 보였다.

가장 눈물이 많은 선우가 입을 떼자마자 통곡을 하고 있으니, 마이크는 상준에게로 돌아갔다. 상준은 붉어진 눈시울로 선우의 손에 들린 마이크를 건네받았다.

하지만, 상준이라고 다를 건 없었다.

떨리는 손을 뻗어 마이크를 손에 쥐려던 순간.

"……."

왈칵. 눈물이 쏟아졌다.

"아."

아까 진행에서도 그런 실수를 했는데, 수상 소감에서라도 만회를 해야 한다. 이성은 분명 그렇게 말하고 있는데.

왜일까.

감정이 잘 주체가 되지 않았다.

상준은 미세하게 떨리는 목소리로 천천히 말을 뱉었다.

"정… 정말, 너무 감사합니다……."

멤버들을 돌아본 순간, 하염없이 눈물만 쏟아졌다.

그런 상준과 선우를 격려하는 팬들의 함성 소리가 점차 거세졌다.

"울지 마! 울지 마! 울지 마!"

"괜찮아! 울지 마!"

"할 수 있다!"

대상도 아니고, 이제 막 레이스에 오른 그들을 격려하기 위한 상이지만. 그 자체로 너무도 감사했다.

이제껏 상준은 자신의 레이스가 맞는지 늘 불안했었으니까.

'내가 부족하진 않은 걸까?'

'따라갈 수 있을까.'

은연중에 수없이 고민해 온 상준이다.

힘겹게 그동안의 짐을 내려놓은 후에도 그 질문은 어김없이 상준을 붙들었다.

그런 상준에게.

'잘 달리고 있어.'

이러한 확신을 주는 것만 같아서.

상준은 가슴이 벅차오르는 것을 느꼈다.

그런 상준의 눈앞에 주마등처럼 멤버들과의 첫날이 스쳐 지
나갔다.

'아, 전 도영이에요. 과자 뺏어 가지만 않으면 해치지 않아요.'
'해치지가 뭐냐, 초면인데!'

처음부터 강렬한 인상을 주었던 도영과.

'초면에 이런 말 되게 죄송하지만……'
'혹시… 약 하세요?'

한층 더 강렬한 인상을 주었던 유찬.
처음에는 충돌도 많았고 어울리지 못할지도 모른다는 걱정도
했었지만. 멤버들이 없었다면 이곳까지 오지도 못했을 터였다.

'비록 이 무대가 저희의 꿈에 있어서 첫 발자국이지만 앞으로 더
좋은 모습 보여 드릴 수 있도록 노력하는 탑보이즈가 되겠습니다.'

힘들기도 많이 힘들었지만, 멤버들 덕에 버텨낼 수 있었던 시간.
상준은 옆에 서 있는 멤버들에게 진심으로 감사했다.
그리고.

'꺄아아아!'
'상준아, 여기 봐줘!'

'마이픽' 때부터 데뷔할 때까지.

꾸준히 자신을 지켜봐 준 팬들.

'온탑', 그 두 글자를 가슴속에 새기며, 상준은 떨리는 목소리로 입을 열었다.

"이렇게 좋은 상 받게 해주신 팬분들께 감사드리고……. 멤버들한테도 고맙다는 말… 하고 싶어요."

훌쩍이면서 말을 이어가던 상준은 급하게 마이크를 유찬에게 넘겼다. 그러나, 유찬의 상태도 크게 다르지는 않았다.

"크흡."

"아니, 다 울면 어떡해……."

수상 소감을 말해야 하는데 단체로 울고 있다.

사회자는 황당했는지 웃음을 터뜨리며 멤버들을 바라보았다.

'뭐, 보통 저렇긴 하지.'

첫 신인상이다.

그 상이 멤버들에게 어떤 의미를 지니고 있는지 알기에.

다른 아티스트들도 흐뭇한 미소를 지으며 탑보이즈를 올려다보았다.

"……."

유찬은 힘겹게 입을 뗐다.

"무대를 즐길 수 있게 해주셔서 너무… 감사합니다."

그의 좌우명이 돋보이는 한마디.

그 와중에도 사회생활 만렙 도영은 생글거리며 말을 뱉었다.

"온탑 분들, 멤버들 모두모두 고맙고, JS 엔터 식구들과 우리 실장님 사랑해요!"

"와아!"

"…이거 빼먹으면 나중에 뭐라 하셔요."

능청스럽게 덧붙이는 도영에 관객석에서 웃음이 터져 나왔다.

내색은 안 하고 있지만 조용히 울먹거리던 제현은 애써 웃으며 막대 사탕을 들어 보였다.

"사탕만큼 사랑해요!"

"…너무 작은데?"

"막대 사탕 꽃다발만큼……?"

훌쩍거리면서도 막대 사탕론을 잊지 않는 제현이다.

옷소매로 눈물을 훔치던 상준은 간신히 목소리를 가다듬으며 마이크를 다시 손에 쥐었다.

"와아아아!"

아까는 우느라 겨를이 없었지만 조금은 진정이 됐다.

그런 의미에서 꼭 마지막으로 전하고 싶은 말이 있었다.

상준은 흐릿한 미소를 지으며 입을 열었다.

"아직 시작이라고 생각해요."

반대편 손에 쥔 트로피가 조명 아래서 화려하게 반짝이고 있었다. 상준은 머리 위 조명을 손으로 가리키며 말을 뱉었다.

"저기 저 탑 위에 올라가기 위해서 열심히 오르는 중인데."

"와아아!"

"그 어떤 힘든 무대가 찾아와도. 그래서 때론 두려워도……."

신인상의 의미는 초심이라고 생각했다.

그렇기에 상준은 단언할 수 있었다.

"초심을 잃지 않겠습니다. 포기하지도 않을 거고요."

상준의 한마디에 팬들이 단체로 함성을 터뜨렸다.

"꺄아아아!"

"멋있다아아아!"

초심을 잃지 않겠다는 약속.

언제나처럼 저 탑을 위해 꾸준히 나아가겠다는 약속.

어쩌면 가장 무겁고도 힘든 약속이 될 거라는 걸 알지만.

상준은 씨익 웃으며 말을 뱉었다.

"무대를 두려워하면 프로가 아니잖아요."

                    *   *   *

"워후, 프로!"

"예에에, 프로님이다!"

"아, 물론이죠."

처음에 버스킹 무대 때만 해도 놀리기만 하면 몸 둘 바를 모르던 상준이다. 그런데.

"아니, 뭐야."

"헉, 뻔뻔해진 거 봐."

이제는 저런 멘트를 수상 소감으로 쏟아내고도 한없이 태연하다.

상준은 어깨를 으쓱이며 선우를 돌아보았다.

다른 멤버들이 훌쩍이며 수상 소감을 내뱉는 와중에도 통곡을 멈추지 않았던 리더.

"아니, 선우 형."

"크흠."

선우는 헛기침과 함께 시선을 돌렸다.

이때다 싶었는지 도영이 생글거리며 선우의 옆에 바짝 달라붙었다.

"팬들이 형의 움짤을 또 올려주셨더라."

"아니, 대체 왜."

이쯤 되면 안티다.

도영은 깔깔대며 주저앉는 선우의 움짤을 확인했다.

"확실히 잘 찍혔네."

"야, 너네들도 단체로 울었잖아."

"……."

선우의 묵직한 한마디에는 아무도 반박을 하지 못했다.

난생처음으로 받는 신인상.

자연히 감정이 격할 수밖에 없었다.

상준은 아까의 기억을 떠올리며 머쓱한 미소를 지어 보였다.

그때였다.

"기분들 좋아?"

송준희 매니저가 미소를 지으며 운전대를 잡았다.

"와아아아!"

"물론이죠! 째질 거 같아요."

감격에 찬 표정으로 말을 뱉는 제현과, 함성부터 지르고 보는 도영. 송준희 매니저는 너털웃음을 터뜨렸다.

"그래, 일단 회사로 가자."

"고기 사주시나요?"

"그을쎄?"

"헐. 왜 고민하시는 거죠."

이참에 입에 기름칠이나 해보고 싶다며 중얼대는 도영이다.

그 와중에도 상준은 은색 트로피를 내려다보며 연신 감탄을 뱉어내고 있었다.

음표 모양의 감각적인 트로피.

"와."

경건하게 모은 두 손으로 트로피를 들고 있는 상준에게, 가만히 앉아 있던 제현이 물었다.

"그거 은이야?"

"아?"

예상치 못했던 질문.

상준은 두 눈을 끔뻑이며 고개를 갸우뚱해 보였다.

"은은… 아니지 않을까?"

"아."

그걸 또 메모하고 있는 제현.

[트로피는 은이 아니다.]

대체 저 메모가 무슨 의미인지는 알 길이 없었지만.

상준은 웃음을 터뜨리며 창밖을 내다보았다.

'와아아아!'

'탑보이즈! 탑보이즈! 탑보이즈!'

아까의 뜨거운 함성이 여전히 귓가를 맴도는 듯한 기분이다.

온몸에 전율이 느껴지는 생생한 기억을 잊지 않으려 되새김하던 사이, 탑보이즈의 차량은 JS 엔터 주차장에 멈춰 섰다.

"자, 들어가자."

"제현아, 이리 와봐."

송준희 매니저가 실장실로 멤버들을 안내하는 동안, 도영은 또다시 영 좋지 못한 것을 제현에게 일러주고 있었다.

"실장님 보면 첫마디가 뭐라고?"

"고기 주세요."

"좀 더 애절하게."

도영의 주문이라면 할 수 있다.

제현은 자신감 넘치는 표정으로 고개를 끄덕였다.

"연기 하면 이제현이지."

"…야, 그걸 본인 입으로."

「드라마 인 드라마」를 섭렵했던 제현의 애절한 연기력.

죽어가던 서진을 완벽하게 연기했던 제현의 연기가 다시 살아났다.

"고기… 주… 세… 크흑."

"아니, 뭐 하냐고."

"…모르는 사람이야, 난."

시켜놓고 타박을 놓는 도영과 곧바로 외면하는 유찬.

송준희 매니저는 황당하다는 듯이 말을 뱉었다.

"야, 너네 신인상도 받은 신인인데. 이상한 걸로 싸울 때가 아니야."

"맞는 말씀입니다."

제현에게 시킬 땐 언제고 진지한 표정으로 고개를 끄덕이는 도영. 상준은 피식 웃으며 도영을 옆으로 밀어냈다.

그렇게 투닥대며 평화롭게 실장실로 들어서던 순간.

끼이익.

"꺄아아아아!"

문을 열자마자 튀어나온 환호성에 멤버들은 놀란 눈으로 물러섰다.

어둠 속에서 일렁이는 촛불.

케이크까지 준비해 둔 JS 엔터 식구들에, 멤버들은 적잖이 감동받은 얼굴이다.

"탑보이즈! 크으, 신인상!"

"축하한다."

"맞아, 정말 축하해."

탑보이즈와 마찬가지로 '댄스상' 하나를 받아 온 블랙빈도 상기된 얼굴로 뒤에 서 있었다. 작년 이맘때쯤 신인상을 받았던 기억이 새록새록 떠오르는지 흐뭇한 미소를 짓고 있었다.

그리고, 가운데서 박수를 치는 조승현 실장.

그동안 멤버들을 가까이서 봐온 만큼, 오늘이 색다르게 느껴졌을 터였다.

진심 어린 조승현 실장의 한마디가 울려 퍼졌다.

"수고했다."

제6장

새로운 도전 I

멤버들의 간절한 바람 덕분일까.

"와아아아!"

"고기다! 고기!"

결국 고깃집에 도착하게 된 탑보이즈다.

제현은 막대 사탕을 구석에 던져 버리고는 눈앞의 고기에 집중했다.

치이익.

고기 굽는 군침 도는 소리에, 평상시에는 나불대던 도영도 경건한 자세로 앉았다.

"내가 먼저야."

두 눈을 반짝이며 내뱉는 도영의 말에 선우는 단호하게 고개를 저어 보였다.

"아니지, 도영아."

"아?"

"이런 건 어른들부터 먹는 거야. 자, 우리 상준이 형."

"이럴 때만 형이래."

빠른 연생으로 뒤통수를 칠 땐 언제고.

상준이 황당한 표정으로 내뱉은 말에 도영이 격하게 고개를 끄덕였다.

"은근슬쩍 본인이 두 번째로 먹으려는 거 봐. 선우 형 달라졌어."

"그러게 말이야, 그 착했던 선우 형 어디 갔어."

"고기 앞에선 그런 거 없어, 애들아."

선우의 냉정한 한마디에 도영은 피식 웃음을 터뜨렸다.

그런 멤버들을 흐뭇하게 바라보고 있던 조승현 실장의 휴대전화가 울렸다. 연락을 잠시 확인하려던 조 실장은 기다리고 있는 멤버들에게 말을 던졌다.

"어, 먼저들 먹고 있어."

치이익.

붉은빛이 조금씩 보였던 고기도 어느덧 다 익어갔다.

"제현아, 먹어봐."

아까 말은 그렇게 해놓고선 가장 먼저 막내의 그릇에 고기를 얹어주는 선우다. 눈을 말똥말똥 뜨고 있었던 제현은 곧바로 고기 한 점을 입에 쑤셔 넣었다.

"와."

절로 감탄이 나올 정도로 적절히 기름진 맛.

입안 가득 퍼지는 고기 향에 제현은 감격한 얼굴로 고개를 푹 숙였다. 도영은 침을 삼키며 제현에게 물었다.

"어때, 어때?"

"죽여줘, 아주."

"그 정도야?"

"어흑."

"실장님, 얘 우는데요?"

우는 줄 알았던 제현은 뻔뻔한 얼굴로 고개를 들었다.

'연기 하면 이제현이지.'

본인의 입으로 내뱉었던 망언을 몸소 실천하듯, 제현은 당당하게 말을 뱉었다.

"한 입 더 주세요."

평상시에 막대 사탕에만 집착했다는 것이 믿기지 않을 정도로 고기를 흡입하는 제현이다. 그런 제현을 따라 적극적으로 불판 위로 덤비는 멤버들.

"……."

불판 위의 고기를 순식간에 동을 내버린 탑보이즈다.

단 1분 만에 벌어진 상황.

연락을 확인하고 난 조승현 실장은 놀란 눈을 크게 떴다.

"아니, 어디 갔어."

"아직 고기가 안 나온 거 같은데요."

"어, 그러게."

조승현 실장의 눈을 피하며 먼 산을 바라보는 유찬.

물론 그게 먹힐 리가 없다.

조승현 실장은 황당하다는 듯 입을 떡 벌렸다.

"야, 너네만 입이야? 나는 사람도 아니야? 이것들이, 진짜."

툭.

어서 수습하라며 도영의 옆구리를 툭 치는 유찬이다.

가만 놔뒀다가는 정말 삐질지도 모르는 일이다.

도영이 양손을 꼬옥 모은 채 입을 열었다.

"에이, 실장님. 실장님은 사람이 아니죠."

"…뭐?"

"신이시죠."

"크으, 명언이다."

유찬은 박수까지 쳐가며 도영의 말에 감탄했다.

도영은 눈을 반짝이며 넋이 나가 있는 조 실장에게 말했다.

"갓 실장님, 소주 드실래요?"

"어어, 당기긴 한다. 혈압이 올라서."

"크흡."

열심히 투덜대면서도 새 불판이 나오자마자, 금세 고기에 집중하는 조승현 실장이다.

조 실장은 한 점을 입에 넣더니 만족스러운 표정으로 고개를 끄덕였다.

"누가 샀는지 아주 맛있네."

그렇게 조승현 실장이 뿌듯한 얼굴로 생색을 내던 순간이었다.

"저… 저기."

앞치마를 두른 아주머니가 말을 걸어왔다.

조승현 실장은 놀란 눈으로 고개를 돌렸다.

"아, 무슨 일이신가요?"

한참을 망설인 듯한 눈빛.

아주머니는 침을 삼키며 힘겹게 입을 열었다.

"그게… 혹시 탑보이즈 맞나요?"

"아."

변두리에 있는 조그만 고깃집이긴 하지만, 사람들이 알아보지 않을 거라고 생각한 것부터가 틀렸다. 신인상까지 받을 정도로 화제 신인의 반열에 오른 탑보이즈.

"탑보이즈 아냐?"

"맞네, 맞는 거 같은데."

"쟤가 상준이 아냐?"

"와, 실물 봐봐."

그제야 상준은 아까부터 느껴지던 은근한 시선을 눈치챘다.

뒤에서 연신 감탄을 터뜨리는 손님들.

아주머니는 우물쭈물하더니 천천히 말을 이었다.

"아니, 우리 딸이 엄청 팬이어서. 싸인 된다면 한 장… 해줄 수 있나 해서요. 고기는 제가 리필을 드릴게."

아주머니의 말에 조승현 실장이 난처한 얼굴로 고민하는 사이, 도영이 해맑은 미소를 지으며 자리에서 벌떡 일어났다.

"아, 물론이죠. 전 괜찮아요."

"허억, 정말요? 가만 보자, 고기를 내가……."

어린아이처럼 신이 난 아주머니.

정신없이 종이 한 장과 볼펜을 들고 오는 아주머니다.

그걸 본 상준은 대강 짐작했다.

'딸이 팬인 게 아니라······.'

본인이 팬 같은데.

상준은 씨익 웃으며 아주머니가 건네는 볼펜을 손에 쥐었다.

"여기에 해드리면 될까요?"

"어머어머, 세상에나."

새하얀 종이 위에 스윽 그려지는 상준의 싸인.

아주머니는 멤버들의 싸인을 지켜보며 속사포로 말을 쏟아내고 있었다.

"아니, 내가 TV는 잘 안 보는데······. 노래도 잘하고, 춤도 잘 추고. 아주 그냥 잘해."

"크으, 감사합니다."

"고기 많이들 먹어요."

그 짧은 사이에 벌써 고기를 리필해 오신 아주머니.

이렇게 알아봐 주시고 진심으로 좋아해 주신다는 게 마냥 감사하다.

잠시 조승현 실장의 눈치를 살피던 도영이 은근슬쩍 물었다.

"사진 찍어도 되나요?"

소속 아티스트를 위해서라도 쉽게 결정 내릴 수 있는 문제는 아니었다. 아무래도 조심스러우니까. 하지만, 날이 날이니만큼 이번에는 고개를 끄덕이는 조 실장이었다.

"그래라."

"와아! 사진 찍어드릴까요?"

"허억, 참말이야?"

"물론이죠. 물론. 고기도 리필해 주셨는데!"

단체로 모여서 행복하게 미소 짓는 탑보이즈.

아주머니를 위한 팬 서비스가 끝나자마자, 아까부터 탑보이즈의 눈치를 살피고 있던 여고생들이 단체로 다가왔다.

"헉."

"저희도… 사진 찍어주실 수 있나요……?"

긴장한 듯 움츠러든 어깨.

상준과 도영은 동시에 고개를 끄덕였다.

"그럼요."

"꺄아아아!"

"와아아악! 대박! 대박!"

고깃집을 가득 채우는 돌고래 소리.

멤버들은 기분 좋은 미소를 지으며 휴대폰 카메라를 향해 포즈를 지어 보였다.

찰칵.

환하게 웃고 있는 팬들과 함께 찍은 사진 한 장.

"진짜 팬이에요! 저 마이픽 때부터 다 봤어요."

"감사합니다, 감사합니다!"

"앞으로도 많은 사랑 부탁드려요! 여러분, 아시죠?"

사방에 손 하트를 던지고 보는 도영.

팬들은 웃음을 터뜨리며 환호성을 내질렀다.

데뷔 이후에 줄곧 마스크를 쓰고 다녀서 그런 걸까.

'알아봐 주는 기분.'

괜히 감사했다.

상준이 흐뭇한 미소를 지으며 자리에 앉는 사이.

가장 바깥쪽에 서 있던 여고생은 곧바로 비명을 지르며 어디론가 전화를 걸었다.

"엄마아! 나 연예인이랑 사진 찍었다아아!"

"꺄아아아!"

"어머니, 서영이 출세했어요!"

옆에서 흥이 오른 친구들이 신이 난 목소리로 외쳐댔다.

스피커폰을 해놓았기에 생생하게 들리는 대화.

자신의 존재가 다른 사람에게 기쁨이 될 수 있다는 것이 뿌듯해서.

상준이 흐뭇한 미소를 지으며 물 한 모금을 삼킬 때였다.

―지랄하고 자빠졌네.

쿨럭.

필터링 없이 흘러나오는 수화기 너머의 대화에, 고깃집 안으로 정적이 흘렀다. 상준은 간신히 물을 삼키며 웃음을 참고 있었고, 도영은 이미 입을 가리고 있었다.

"아아악, 엄마! 사람들이 듣잖아!"

"푸흡."

―쓰잘데기없는 소리 하지 말고 빨리 들어와.

더 이상 웃음을 참지 못했던 선우는 바닥에 엎어졌고, 유찬은 담담한 얼굴로 나직이 말을 뱉었다.

"…화끈하신 분이네."

그사이, 어느덧 세 번째 불판도 끝을 내버린 탑보이즈다.

멤버들을 알아봐 준 팬들 덕에 팬 미팅처럼 행복했던 시간.

'왜 내가 다 흐뭇하지.'

멤버들을 어릴 적부터 봐와서일까.

조승현 실장은 멤버들 못지않게 뿌듯함을 느끼고 있었다.

마치 잘 자라준 자식을 보는 듯한 기분.

잠시 고민하던 조승현 실장은 벌떡 일어나 계산대로 향했다.

"아이고, 가시려고요? 제가 고기는……."

"아닙니다. 오늘 여기 전원!"

하늘색 카드를 꺼내 든 조승현 실장.

그는 우렁찬 목소리로 말을 뱉었다.

"특별히 제가 쏘겠습니다!"

"헉."

"진… 진짜요? 여기 전체를?"

"와아아아!"

탑보이즈 멤버들에게 쏟아지던 환호성이 이제는 조승현 실장을 향했다. 아까의 여고생은 또다시 환희에 찬 목소리로 엄마에게 자랑하고 있었다.

"엄마아! 연예인 매니저가 고기도 사줬다아!"

"서영이 출세했어요!"

"꺄아아아!"

'매니저는 아니지만.'

팬들을 위한 금액이라면 아깝지 않다.

조승현 실장은 카리스마 넘치는 눈빛으로 카드를 내밀었다.

"실, 실장님."

비록 손님이 몇 없다지만, 대강 계산해 봐도 만만치 않은 금액이다. 도영은 놀란 눈을 굴리며 조승현 실장에게 물었다.

"진짜 괜찮으시……."

"그럼. 물론이지."

세상 멋있게 대답한 조승현 실장.

하지만, 그것도 잠시.

"네, 영수증 나왔습니다."

영수증을 확인한 조승현 실장은 그 자리에서 얼어붙었다.

*   *   *

"Dream the top! 안녕하세요, 탑보이즈입니다!"

"블랙빈이에요!"

"와아아아!"

고기도 신나게 얻어먹었으니, 올해의 마지막 스케줄을 마무리해야 한다. 나란히 앉은 탑보이즈와 블랙빈 멤버들은 잔뜩 신이 난 얼굴로 카메라를 응시하고 있었다.

"와, 이렇게 만나네요."

같은 소속사 선후배 관계지만 따로 방송을 같이 준비한 적은 없었다. 그런데, 이번엔 달랐다.

"네, 저희가 퍼포먼스상을! 탑보이즈 친구들이 신인상을 받아 왔는데요."

"크으, 다들 박수!"

"짝짝짝!"

"이찬 씨, 입으로 치진 마시고."

나란히 시상식에서 상을 받아 온 탑보이즈와 블랙빈.

각자 트로피를 품에 안은 채 오늘의 방송을 켠 이유는, 팬들을 위한 유이앱 때문이었다.

이 상을 가져다준 존재, 단연 팬들을 빼놓을 수 없기 때문이었다.

—헉 모야모야
—시상식 기념 유이앱인가 봐
—은혜로운 투 샷 ㅠㅠㅠㅠ
—꺄아아아아ㅏ아 유이앱이다!!!!
—일 잘한다 제이에스!!

"다들 고마워요."

상준은 미소를 지으며 카메라를 똑바로 응시했다.

단체로 모여 있으니 어색해하는 탑보이즈와는 달리 능숙하게 진행을 이어가는 블랙빈이다.

"네, 궁금한 점은 아무거나 질문 주세요. 저희가 오늘 시상식 기념으로 모인 거 맞거든요."

"그렇죠, 그렇죠."

'시상식 때도 잘했었지.'

상운과 나란히 있을 때는 몰랐는데, 이렇게 보니 새삼 연예계 선배 같다. 자꾸만 떠오르려는 시상식 진행 실수를 간신히 떨쳐내려던 순간.

댓글을 확인하던 은수가 불쑥 말을 걸어왔다.

"아, 상준 씨, 상큼한 멘트 해명 좀 해주세요."

"……"

망할.

이놈의 상큼함은 평생을 꼬리표처럼 따라다닐 기세다.

졸지에 상큼한 걸 그룹이 된 오르비스의 입장도 들어봐야 하지만, 상준은 이미 쥐구멍에라도 숨어들어 가고 싶은 심정이었다.

─아 맞다 ㅋㅋㅋㅋㅋㅋ

─잊고 있었던 거 기억하게 해줘서 고마워 은수야 ㅠㅠ

─난 잊을 생각조차 안 했어^^

─까!!! 상큼하게 난처해하는 거 봐

─아니, 다들 팬 맞냐고 ㅋㅋㅋㅋㅋㅋㅋㅋ

상준은 머리를 긁적이며 침을 삼켰다.

괜히 이런 거에 부끄러워했다가는 휘둘리게 마련이다.

최대한 침착하게, 그리고 대수롭지 않게 대처해야 한다.

그런 상준의 판단이 뻔뻔한 한마디로 흘러나왔다.

"그건 제 개인적인 주관에서 나온 멘트였습니다."

"개, 개인적인 주관이요?"

무리수를 던지는 맏형에 제현조차 혀를 내둘렀다.

그 당시 옆에서 상준의 진행을 직관하고 있었던 은수는 떨리는 목소리로 물었다.

"아, 그러면. 혹시 오르비스 멤버들이……."

"상큼한 그룹인 것 같습니다."

"아, 돌았냐고."

―ㅋㅋㅋㅋㅋㅋㅋㅋㅋㅋㅋㅋㅋㅋ

―쓸데없이 뻔뻔해… ㄷㄷ

―이걸 오르비스 탓을 하네 도랐ㅋㅋㅋㅋ

은수는 댓글을 읽으며 다시 상준에게 물었다.

누가 봐도 웃음을 참고 있는 듯한 목소리였지만, 질문은 새삼

진지했다.

"그렇다면……."

상큼함은 둘째 치고, 그 뒤에 이어졌던 상준의 멘트.

이 점을 꼭 짚어야 해서였다.

"걸 그룹 같았나요……?"

*　　　*　　　*

빠르게 흔들리는 상준의 동공.

'아, 대답해야 하는데.'

양심과 주장 사이에서 잠시 갈등하던 상준.

그의 입에서 묵직한 한마디가 튀어나왔다.

"…조금 헷갈리네요."

―ㅁㅊ 거기서 헷갈리지 말라고 ㅋㅋㅋㅋ

―아 상준아 ㅋㅋㅋㅋㅋㅋㅋㅋㅋㅋㅋ

―오늘 도른 방송인가요? Hoxy?

―너무 뻔뻔한 게 젤 웃김 ㅠㅠ

흑역사를 메꾸기 위해 양심을 팔아버린 상준.
보다 못한 유찬이 상준을 제지했다.
"넥 슬라이스!"
"아악!"
상준이 비명을 지르며 고꾸라지자, 댓글창이 폭발하기 시작했다.

―바른 응징이다 ㅋㅋㅋㅋㅋㅋ
―유찬아 잘했어!!!
―폭주하는 상준 열차를 막아선 정의의 엄유찬!

"크흠."
뒤늦게 정신을 차린 상준은 헛기침을 하며 자리에서 일어났다.
유이앱을 우연히라도 보게 된다면 썩어 들어갈 해강의 표정이
눈에 선했다. 은수는 정신없이 웃는 바람에 달아오른 분위기를
진정시켰다.
"자, 방금 일은 알아서 편집해 주시고."
"네, JS 엔터의 편집 실력을 믿습니다."
그래 봤자 실시간 방송이라 의미는 없을 테지만.
"자, 여러분. 아무것도 못 들은 거예요? 알죠?"
"아하하, 하나도 기억이 안 난다!"
블랙빈 멤버들이 뒤늦게 수습에 나서던 순간.

끼이익.

"어?"

갑자기 문을 열고 낯선 이들이 들어왔다.

＊　　　　＊　　　　＊

'나오세요.'

처음에는 이게 무슨 일인가 싶었지만, 결국 JS 엔터 주차장에 다다른 멤버들이다.

불쑥 유이앱 중에 들어와 종이봉투를 건넨 두 명의 남자.

그 위에는 선명하게 다섯 글자가 박혀 있었다.

「세 번째 도전」.

탑보이즈 챌린지의 세 번째 도전.

하필 그 도전이 조승현 실장의 낭만을 가득 담은 바람에 이 지경이 되었다.

"새해 첫 일출이라."

"너무 감성적인데?"

"하."

그것도 정동진까지 가란다.

아무리 새해 첫날이라지만, 그 고생을 해가며 보고 싶은 생각은 없었다. 엉겁결에 차에 끌려가듯 탑승한 도영은 이내 투덜거리기 시작했다.

"아악, 진짜 실장님."

"내가 못 산다니깐."

좀처럼 불평을 하지 않던 선우조차 혀를 내두르며 말했다.

"아니, 유이앱 하다가 정동진이 웬 말이냐고."

"내 말이. 예능에 맛 들였다니까."

어쩐지 최근에 예능프로그램을 또다시 열심히 보기 시작한다 했다. 데뷔 리얼리티 못지않은 스케일에, 멤버들은 차에 타서도 한참 동안 한숨을 내쉬었다.

"지금 이 시간에 출발하면……."

"음, 난 이미 해탈했어."

현실을 빠르게 직시한 유찬은 멍하니 창밖을 내다보았다.

유이앱을 시작한 시간이 이른 시간도 아니었기에, 정동진에 도착하면 새벽일 터였다.

"…난 잘래."

유찬과 마찬가지로 현실을 깨달은 제현은 재빠르게 잠에 들었고.

연이어진 스케줄에 피곤해진 건 다른 멤버들도 마찬가지였다.

와자지껄하던 탑보이즈가 잠든 후 조용해진 차량 안, 송준희 매니저는 미소를 지으며 룸미러 쪽을 바라보았다.

"다들 자네."

투덜대던 건 언제고 잘 때만큼은 세상 얌전한 모습이다.

송준희 매니저는 피식 웃으며 운전대를 잡았다.

그런 그의 귓가에 익숙한 기억이 스쳐 갔다.

'에… 에너지가 넘치네요.'

'네, 저희는 넘쳐흐르는 에너지와 해피 바이러스! 보기만 해도 기분이 좋아지는 아이돌 탑보이즈……'

'가만히 있어, 차도영.'

첫 만남부터 인상적이었던 탑보이즈.

해맑게 펜션을 뛰어다니던 모습을 봤던 게 엊그제 같았는데, 이제는 시상식에서 당당하게 신인상까지 받아 온 멤버들이다.

'정… 정말, 너무 감사합니다…….'

멤버들이 눈물을 쏟아낼 때 송준희 매니저 역시 울컥했다.

얼마나 노력해 왔는지 가장 가까이서 봐온 그였으니까.

그렇기에 항상 그의 마음속에 숨어 있던 진심.

'잘됐으면 좋겠다.'

이번 해는 이렇게 지나가지만, 앞으로 더 성장해 갈 아이들이다.

새로운 출발을 향해, 송준희 매니저는 묵묵히 정동진으로 달렸다.

"……."

그렇게 몇 시간을 달렸을까.

"와, 오긴 왔네."

"…죽을 것 같다."

오랜 시간의 이동 후 마침내 정동진에 다다른 멤버들.

상준은 잠이 덜 깬 표정으로 송준희 매니저를 따라나섰다.

"으."

"그래도 바다는 예쁘네."

투덜대면서도 결국 해변가에 다다른 멤버들은 천천히 하늘을 올려다보았다. 도영이 가장 먼저 호들갑을 떨며 허공을 손으로 가리켰다.

"저기, 저기. 해 떠오른다!"

도영의 말과는 달리 하늘은 어슴푸레한 빛을 띠고 있었다.

금방이라도 해가 솟아 나올 것만 같은 오묘한 분위기.

멤버들은 고개를 하늘로 고정한 채 쉴 새 없이 말을 쏟아냈다.

"어서 나와라……!"

"곧 나올 거 같단 말야."

"차도영, 카메라! 카메라 가져와!"

그렇게 난리를 치며 몇 분이 흘렀을까.

희미한 하늘 너머로 오묘한 빛은 한층 더 환해졌다.

그 순간.

"어… 어!"

새빨간 해가 구름 사이로 모습을 드러냈다.

드넓은 하늘을 가득 메우는 화려한 붉은빛.

몽환적인 그 색 앞에서 상준은 넋을 놓았다.

"와……."

뜨겁게 타오르는 새해 첫 해.

캄캄하던 하늘 위를 짙은 붉은색이 순식간에 물들였다.

상준은 그 웅장함 앞에서 경건한 자세로 두 손을 모았다.

"이럴 때 소원 비는 거래."

옆으로 다가온 제현이 무심하게 내뱉는 말에, 상준은 미소를 지으며 고개를 끄덕였다. 어차피 말도 안 되는 소리라는 건 알지만, 괜히 어디엔가 기대보고 싶은 날이었다.

새해 첫날이어서일까.

아니면……

'와, 해 뜬다! 나 해 뜨는 거 처음 봐!'
'상준아, 상운아! 그만 좀 뛰어다니고!'
'갈게요!'
'나 사진 한 장만 찍고 가면 안 돼?'

바닷가 위로 겹쳐지는 두 아이의 인영.
어설프게 떠오르는 기억 속에서 환하게 웃고 있는 자신을, 상준은 끝내 기억해 냈다.
머리 위에서 펼쳐지는 이 광경이 그때 타오르던 하늘보다 훨씬 예뻤지만.
상준은 씁쓸한 미소를 지을 수밖에 없었다.
"…예쁘네."
어느덧 하늘 위를 가리고 있던 구름이 순식간에 걷히고 새빨간 해가 어둠을 밀어내었다.
몇 분 사이에 요동치며 변하는 하늘을 바라보면서, 상준은 두 가지 소원을 빌었다.
'일어나게 해주세요.'
이제는 성인이 되어버린 상운이 두 눈을 뜨고 일어서는 것.
그리고.
"……"
상준은 마지막 소원을 마치며 천천히 눈을 떴다.

"자자, 다들 카메라 보세요!"

탑보이즈 챌린지의 세 번째 도전차 찾은 곳이었으니 카메라가 빠질 리가 없었다. 도영은 한 손으로 카메라를 든 채 해가 보이는 각도로 몸을 돌렸다.

"다들 잘 보이나요?"

"벌써 엄청 밝아졌네."

"그러게요."

각자의 소원 타임이 끝난 후, 어느덧 환하게 밝아진 하늘이다. 상준은 미소를 지으며 카메라를 향해 손을 흔들었다.

오늘의 진행을 맡은 건 리더 선우였다.

"네! 이렇게 세 번째 도전까지 마치고, 현재 정동진에 와 있는데요!"

"네, 그렇습니다."

"각자 새해를 맞이한 다짐 하나씩 말씀해 주시죠."

데뷔를 한 후 반년이 흘렀고, 이제는 새로운 해가 밝았다.

아직 데뷔한 지 얼마 되지 않은 신인이지만, 다가온 새해는 탑보이즈가 한층 도약할 수 있는 한 해가 되기를, 모두가 똑같이 바라고 있었다.

"새해 다짐이라."

잠시 고민하던 도영이 가장 먼저 손을 들었다.

"제가 어른이 되었단 말이죠."

"푸흡."

"아?"

"미안. 계속해."

올해는 도영과 유찬에게는 사뭇 특별한 해였다.

평생 촐싹댈 줄만 알았는데 어느덧 스무 살이 되어버린 둘.

하지만, 방금 전까지 해가 떴다며 호들갑을 떨어대던 모습으로 저렇게 진지하게 말하고 있으니 웃음을 터뜨릴 수밖에 없다.

"……"

상준은 손으로 입을 가린 채 계속 진행하라는 손짓을 했다.

도영은 헛기침을 하더니 다시 마이크를 손에 쥐었다.

아까와 같은 진지한 표정이었다.

"제가 이제 성인이란 말이죠. 그래서… 이제 귀여운 거는 안 하겠습니다."

"아?"

"제가 또 한 카리스마를 보여 드려야죠."

카메라를 향해 허언을 줄줄이 내뱉는 도영.

막대 사탕을 물고 있던 제현은 혀를 차며 일침을 가했다.

"요즘 카리스마가 다 죽었나."

뼈를 때리는 제현의 한마디.

도영은 황당하다는 듯 두 눈을 끔뻑였다. 가만 놔뒀다가는 또 어떤 헛소리를 할지 감이 잡히지 않았기에, 선우는 급하게 마이크를 유찬의 손에 쥐여주었다.

하지만, 허언을 쏟아내는 것은 유찬도 마찬가지였다.

"저는 원래부터 카리스마가 넘쳐흘러서요."

"네? 언제요?"

"…저는 처음 듣는 소린데요."

격하게 항의하는 맏형 라인.

유찬은 손사래를 치며 단호하게 말을 이었다.

"여튼 그래서 올 한 해는 성숙함으로 찾아뵙도록 하겠습니다."

"음."

분명 한 해의 목표를 말하랬는데 단체로 헛소리를 늘어놓고 있다.

상준은 혀를 차며 작게 중얼거렸다.

"해가 서쪽에서 뜨는 게 더 빠를 거 같은데……."

그 순간, 불쑥 치고 들어온 도영의 충격적인 물음.

"해가 원래 어디서 뜨는데?"

아.

상준은 두 눈을 끔뻑이며 도영의 지식에 다시금 감탄했다.

막대 사탕을 우물거리던 제현은 당당하게 손을 들어 보였다.

"남쪽이잖아."

"아, 그런가?"

거기에 대고 맞장구를 쳐주는 도영.

유찬은 혀를 차며 급하게 제현을 변호했다.

"저희 숙소가 남향이라서 헷갈렸나 봐요."

"아! 맞다."

제현은 손뼉을 치며 뒤늦게 수습했다. 하지만, 이어지는 말은 한층 더 충격이었다.

"서쪽이에요."

"아니, 아까 상준이 형이 서쪽은 아니랬잖아."

"북쪽이네, 그럼."

"차라리 그냥 가만히 있자."

찍어도 다 틀리는 최악의 적중률이다.

저렇게 다 틀리기도 쉽지 않을 텐데. 상준은 혀를 차며 제현의 등을 토닥였다.

"야, 너는 로또도 사지 마라."

기가 막히게 정답만 비껴 나갈 수가. 상준이 진심 어린 충고를 던지자, 옆에 서 있던 유찬이 단호하게 말했다.

"형, 제현이는 로또도 못 사."

"맞네."

"허억, 그러네."

탑보이즈의 유일한 미성년자가 되어버린 제현.

도영은 안타깝다는 듯 제현을 바라보며 고개를 저었다.

"아이고, 우리 막내는 아직 어려서 세상을 잘 모르지. 형은 어른의 무게를 져보려고 하거든."

"……"

"하, 저기 하늘을 봐봐. 석양이 지잖니. 저게 바로 인생이야."

'뭔 개소리야.'

상준은 머리를 긁적이며 도영을 돌아보았다.

애당초 석양도 아니다만.

유찬은 같은 나이라는 게 부끄럽다는 듯이 카메라를 반대편으로 치워 버렸다.

그사이에도 도영의 헛소리는 이어지고 있었다.

그걸 관통하는 제현의 물음.

"그래서 어른이 뭔데?"

정작 제현은 한심하다는 듯 던진 한마디였지만, 도영은 진지하게 제현의 물음에 답하기 시작했다. 드넓은 바닷가를 거닐며 펼쳐지는 도영의 인생학.

"어른은 카리스마가 있어야 해. 리더십 알지?"

"아."

"제현아, 나 봐봐."

"아?"

어깨를 툭툭 치면서 불러놓고는 이어지는 말이 더 가관이다.

"이게 바로 리더십인 거지. 내가 부르니까 네가 날 봤잖아."

"아. 그런 깊은 뜻이."

별생각 없이 물을 삼키던 상준은 제현의 해탈한 표정을 보고선 물을 뿜을 뻔했다. 아무리 봐도 도영의 얘기가 아닌, 막대 사탕에 집중하는 모습이다. 선우는 어깨를 으쓱이며 대수롭지 않게 내뱉었다.

"그냥 냅 둬. 제현이가 알아서 할 거야."

그리고 그런 선우의 말이 예언이 되듯.

"두 번째로는 말이야. 어른은… 웬만한 일에도 화를 내지 않는 것이지. 바로 바다 같은… 인내심이랄까."

연설을 이어가는 도영을 향해, 제현이 해맑게 돌직구를 꽂았다.

"차도영 바보."

"……"

"말미잘."

"……"

"사실 말미잘이 더 잘생겼… 아아악!"

평화롭던 바닷가 위로 울려 퍼지는 비명 소리.

"인내심이라며! 인내심! 화 안 낸다면서?"

"이제현, 너 거기 안 서!"

"아악, 말미잘이 쫓아와요!"

"야, 메뚜기! 뒈질래!"

송준희 매니저는 머리를 짚으며 한숨을 내쉬었다.

기껏 사람들이 적은 바닷가로 끌고 왔는데도 저렇게 갖은 소란을 다 만들어내고 있다.

"내가 잡아 올게."

"매니저님⋯⋯. 진짜 힘내세요."

"쟤는 어째 나이를 역행하는 거 같냐."

상준과 선우의 응원과 함께.

"꾸엑."

"아⋯ 아악!"

송준희 매니저는 도영과 제현을 양손에 끼고 질질 끌고 왔다.

어째 벌써부터 스펙터클한 새해가 펼쳐질 것만 같은 기분.

겨우 1월 1일인데 벌써 지쳐 버린 송준희 매니저다.

"내가 못 산다."

묵직하게 던진 송준희 매니저의 한마디에, 도영은 습관적으로 하트를 꺼내 보였다.

"에이, 매니저님. 제 사랑을 받으세⋯⋯."

"귀여운 거 이제 안 한다며."

유찬의 한마디에 도영은 갑자기 꺼내고 있던 손 하트를 뒤로 숨겼다.

"후, 없던 일로."

"쟤 왜 저러냐고, 진짜."

바닷가의 돌 위에 앉아 있는 도영의 모습은 진지함 그 자체다.

마치 세상의 모든 슬픔을 다 떠안은 듯한 사연 있는 표정을 짓고 있는 도영. 상준은 못 말린다는 듯 시선을 돌렸다.

그 순간이었다.

별빛이 쏟아지던 그 바다에서—
난 너와 함께 있었어

멀리서부터 희미하게 들려오는 노랫소리.

'착각인가.'

처음에는 그렇게 생각했던 상준도 인상을 찌푸리며 고개를 들었다.

나는 그때 그 밤바다를 기억해

바람을 타고 흐릿하게 들려오는 노랫소리지만 분명 익숙했다.

탑보이즈의 '밤바다'.

"…말도 안 돼."

상준은 놀란 눈으로 나직이 내뱉었다.

익숙한 자신의 노래가 흘러나왔음에 놀란 것은 아니었다.

"누구지……?"

바람을 타고 흘러들어 오는 노래가.

너무도 완벽했기 때문이었다.

*　　　*　　　*

상준은 믿을 수 없다는 듯한 표정으로 선우의 옆구리를 쿡 찔렀다.

"나만 들려?"

"뭐가?"

"밤바다."

흐릿하지만 은근히 사람을 홀리는 목소리다.

정말 밤바다를 연상시키는 듯한 청아한 음색.

아린이 보여줬었던 '밤바다'도 충분히 감동적이었지만, 이건 또 다르다.

'딱 이 느낌인데.'

탄탄한 가창력에 완벽한 고음.

엄청난 노래를 듣게 되면 꼭 오는 반응이 있다.

온몸을 감싸고 도는 전율이 상준의 발끝에서부터 천천히 올라오고 있었다.

"안 들려?"

상준의 물음에 선우도 천천히 두 눈을 뜨기 시작했다.

귓가를 맴도는 부드러운 노랫소리.

선우는 저도 모르게 탄성을 뱉어내었다.

"들린다……! 밤바다!"

"그렇지?"

"대박인데……? 음원 아니지, 저거?"

아린이 부르던 목소리와는 확실히 다른 색깔이다.

상준은 확신에 찬 얼굴로 고개를 세차게 끄덕였다.

아린의 음색이 풀잎에 매달린 이슬처럼 맑은 느낌이라면, 저건 폭포다. 듣기만 해도 시원해지는 음색.

"잠깐만."

"형, 형! 어디 가!"

가까이서 듣고 싶다.

확실하게 듣고 싶다.

상준은 저도 모르게 홀린 듯 발걸음을 뗐다.

"…이쪽인데?"

그렇게 주변을 두리번대며 노랫소리의 정체를 찾아 바닷가를 나온 순간.

별빛이 쏟아지던 그 바다에서―
난 하늘을 보고 있었어

상준은 모래시계 앞에서 발걸음을 멈췄다.

비록 화려한 무대가 아니라, 아스팔트 바닥 위지만.

'가슴을 울리는 목소리.'

그 위로 부드럽게 선율을 얹어가는 남자의 기타 소리까지.

상준은 차마 입을 다물 수가 없었다.

상준이 처음 생각했던 '밤바다'의 이미지.

그 이미지가 고스란히 재현된 것만 같았으니까.

그렇기에.

"하."

오늘도 나는
그 바다를 기억해

밤바다를 연상하게 하는 그 시원한 목소리가 마지막 소절을
마무리했을 때.

상준은 저도 모르게 앞으로 튀어 나갈 수밖에 없었다.

"…저기요."

불쑥 튀어나온 한마디.

상준은 두 눈을 끔뻑이며 버스킹을 하러 온 두 사람을 바라보았다.

고등학생 정도로 보이는 두 사람.

체육복을 입은 여학생이 놀란 눈으로 고개를 들었다.

"네?"

"아."

엄청난 버스킹 실력과는 달리, 아직 일출을 보기에 바쁜 사람들.

비록 사람들이 많이 모여든 상태는 아니었지만, 상준은 그제
야 자신이 마스크도 하지 않고선 나왔다는 사실을 깨달았다.

"상준아, 상준아!"

갑자기 자리를 비운 상준에 화들짝 놀라서 뒤따라온 송준희
매니저.

그가 헐떡이며 부르는 소리에 여학생의 두 눈이 동그래졌다.

매니저가 부르는 이름과 두 사람 앞에 선 상준의 얼굴.

그 두 개를 매치해 본 순간 그녀의 몸이 얼어붙었다.

"설… 설마."

"왜? 무슨 일인데?"

그 옆에서 기타를 내려놓으며 무심하게 묻는 남학생.

그 역시 고개를 들더니 이내 멈칫했다.

"…뭐야?"

방금 전까지 '밤바다' 노래를 열창한 둘이다.

눈앞에 그 노래의 원곡자가 있는데 모를 리가 없었다.

단지 믿기지 않을 뿐.

"와아아악! 진짜예요? 진짜세요?"

"네… 네?"

다짜고짜 비명을 지르며 진짜냐고 외쳐대니 당황한 상준.

상준은 한 걸음 뒤로 물러서며 조심스럽게 고개를 끄덕여 보였다.

"탑보이즈……?"

"네, 그렇습니다. 노래를 너무 잘 부르셔서 저도 모르게……."

"제, 제가요?"

기껏 변두리 바닷가까지 멤버들을 끌고 갔건만, 이렇게 버스킹 무대 정중앙에서 학생들과 대화를 나누고 있다. 송준희 매니저는 다시 머리를 짚으며 상준에게 눈치를 주었다.

하지만.

이번만큼은 두 눈을 반짝이고 있는 여학생이 더 빨랐다.

"저 진짜… 팬이거든요."

진심이 담긴 그녀의 한마디.

하지만, 무대를 멀리서부터 지켜본 상준도 같은 심정이었다.

자신보다도 '밤바다'에 담긴 음색을 잘 담아낸 것처럼 느껴졌으니까.

상준은 고개를 끄덕이며 여학생을 내려다보았다.

그런 그녀의 입에서 이어진 한마디.

"노래… 불러주실 수 있어요?"

"와우."

여학생의 당돌한 한마디에 기타를 잡으며 혀를 내두르는 남학생.

상준은 엉겁결에 여학생이 건넨 마이크를 집어 들었다.

"저기 공연하나 본데?"

"잠깐만 보고 갈까?"

"버스킹 하나 보네."

서서히 바닷가 쪽에서 걸어오던 사람들도 몰려드는 상황.

송준희 매니저는 한숨을 내쉬며 해탈한 표정이 되었다.

이렇게 된 이상 어쩔 수 없다.

상준은 마이크를 손에 쥔 채 고개를 돌렸다.

"어… 어?"

"저거 나상준 아니야?"

"탑보이즈 맞지?"

"촬영 중인가?"

뒤늦게 따라온 카메라까지.

촬영 중이라고 판단한 사람들이 순식간에 모여들기 시작했다.

'이럴 생각은 아니었는데.'

이제 와서 빠져나올 수도 없다.

게다가.

"같이 좀 불러줄래요?"

"제, 제가요?"

아까 들었던 그 완벽한 음색을 다시 듣고 싶어졌다.

미소를 짓는 상준에 두 사람은 당황한 기색으로 마이크를 고정했다.

즉석에서 펼쳐지는 무대.

비록 서투를 수도 있겠지만.

"그 위에서… 로 시작해 볼게요."

"좋아요."

상준의 선곡에 금방 신중해지는 둘의 표정.

남학생은 기타 위에 조심스럽게 손을 얹었다.

디리링.

「그 위에서」를 어쿠스틱 버전으로 바꾸어 담아내는 기타의 부드러운 선율.

C, G, Am 그리고 F 코드로 이어지는 기타의 멜로디가 차분히 아래에 깔리고, 상준이 미소를 지으며 입을 뗐다.

Silent world

이곳은 빛이 나는 무대

버스킹 경험은 '마이픽' 이후로 퍽 오랜만이었지만 그새 쌓인 무대 경험 덕분일까. 상준은 평온한 얼굴로 노래를 이어나갔다.

그 사이로 치고 들어가는 여학생의 청아한 목소리.

'와.'

상준은 저도 모르게 두 눈을 번쩍 떴다.

여기서 부른 걸까
너는 날 기다렸던 거니

가까이서 들으니 그 울림이 다르다.

연예계에 데뷔한 이후에 수많은 가수들의 노래를 가까이서 접했지만, 이번만큼은 상준도 놀랄 수밖에 없었다.

분명 서투르다. 하지만, 묘한 끌림이 있다.

노래를 완벽히 이해하고 즐기는 여학생의 손짓.

상준의 앞에서 노래한다는 것도 잠시 잊은 듯, 여학생은 부드럽게 리듬을 타기 시작했다.

그다음은 현란한 기타 실력을 선보이던 남학생의 보컬이 이어졌다.

그 위에서 나는 본 거야
Dream the top
날 위한 무대를

남학생의 보컬 위에 상준이 부드럽게 화음을 깔았다.

「신이 내린 목소리」.

어느새 불어난 사람들은 감탄을 터뜨리기에 바빴다.

"와, 이걸 라이브로 보다니."

"쟤네 둘은 누구야?"

"다들 노래 잘 부르는데?"

기존에 상준이 불러온 「그 위에서」와는 사뭇 다른 분위기지만, 상준은 이 자체로도 좋았다. 일출의 설렘과 드넓은 바닷가를 담아낸 듯한 감성적인 분위기. 가만히 지켜보고 있던 탑보이즈 멤버들도 놀란 표정을 감추지 못했다.

그 위에서
나를 바라봐 줘

상준의 부드러운 목소리와 함께, 「그 위에서」의 무대는 끝이 났다.
"찍었어, 찍었어?"
"와아아아!"
"진짜 탑보이즈예요? 대박, 대박!"
수많은 사람들이 모여들진 않았지만 그 이상으로 쏟아지는 환호성.
"앵콜! 앵콜! 앵콜!"
그 환호성을 향해 손을 흔들어 보이던 상준은 고개를 돌렸다.
아직까지도 흥분이 가라앉지 않는 완벽한 무대.
그 무대를 만들어준 둘에게 하고 싶은 말이 있어서였다.
"저기요."
아까부터 줄곧 묻고 싶은 물음이었지만 타이밍을 놓치고야 말았다.
상준은 침을 삼키며 조심스레 두 학생에게 물었다.
"혹시……."
이토록 완벽한 노래를 다른 사람들에게도 들려주고 싶다는 마음.
그 바람이 담긴 진심 어린 물음이었다.
"가수 할 생각은 없어요?"

                    *   *   *

　인적이 드문 바닷가.

　뒤편으로 조용히 걸어간 둘은 천천히 자신들의 이야기를 털어

놓기 시작했다.

　"가수, 하고는 싶었어요."

　"아."

　상준과 둘의 대화를 유심히 살피고 있던 송준희 매니저가 커

피 세 잔을 들고 걸어왔다.

　"마시면서 얘기하고 있어. 저쪽에서 애들이랑 기다릴 테니까."

　"네."

　지금의 상준에겐 이들을 가수로 만들어줄 능력이 없다.

　그게 현실이지만 그와 별개로 한번 물어보고는 싶었다.

　하고 싶었음에도 하지 않은 이유가 무엇인지.

　시은이라고 자신을 소개한 여학생은 바다를 슬쩍 돌아보며

나직이 말을 뱉었다.

　"그냥 저 바다 보면서 노래 부르는 게 좋았어요."

　처음에는 단순히 노래가 좋아서 시작했던 일이 꿈이 되었고,

실제로 오디션을 보러 찾아간 둘이었다.

　"우진이가 작곡도 잘하니깐 사실 오디션 때만 해도 반응이 엄

청 좋았었거든요."

　바닷가 근처에서 자라온 두 남매.

　동생인 우진이 조심스럽게 꺼내는 말에 상준은 귀를 기울였다.

"강압적인 분위기가 싫었어요. 내가 원하는 노래를 못 만드는 거."

"아."

상준은 우진의 말을 단번에 이해했다.

수많은 엔터를 전전해 온 다른 멤버들과 자신의 경험만 돌아 봐도 그 말이 실감이 났으니까.

결코 연예계가 이상적인 곳이 아님을, 상준은 인정할 수밖에 없었다.

하지만.

모두 그런 건 아니다.

상준은 저 멀리에 서 있는 멤버들과 송준희 매니저를 돌아보았다.

서늘하게 불어오는 바람이 두 뺨을 스치고 지나갔다.

강요할 생각은 없지만.

"그래도 한 번 더 도전해 봐요."

"……."

"후회하는 거보단 나은 거 같아서."

상준은 미소를 지으며 재능 있는 남매를 바라보았다.

그리고.

왠지 그런 느낌이 들었다.

'분명 데뷔하지 않을까.'

언젠간 연예계에서 한 번쯤 마주치게 되리란 걸.

음악이 좋아서, 너무도 좋아서.

그래서 포기하지 못했던 사람은 다시 돌아오게 되어 있으니까.

*　　　*　　　*

「[단독] 정동진에서 펼쳐진 라이브 공연, 탑보이즈의 '그 위에서'?」
「버스킹에서 완벽한 공연 선보인 탑보이즈의 상준, 새로운 프로그램인가?」
「정동진의 버스킹, 화제에 오른 일반인의 정체는 누구?」

—와……. 진짜 무대 넋 놓고 봤네
 ㄴ찍어주신 분ㅠㅠ 진짜 너무 감사합니다
 ㄴ이게 라이브라고????
 ㄴ대체……. 상준이는 대체…….
—이거 듣고 그 위에서 백 번 다시 듣고 오겠음
 ㄴ나도 ㅋㅋㅋㅋㅋㅋ
 ㄴ와 진짜 명곡이긴 함
 ㄴ라이브로 들으니까 더 띵곡이네
—상준이 노래 잘 부르는 건 원래 알았는데 저 둘은 누구임?
 ㄴㅇㅈㅇㅈ
 ㄴ일반인인가????
 ㄴJS 연습생 아닐까?
 ㄴ와, 진심 데뷔했음 좋겠다
 ㄴ상준이 옆에서도 하나도 안 꿀리던데 ㄷㄷ 노래가 대박임

당시 버스킹을 보고 있던 한 시민이 올린 영상은 순식간에
100만 뷰를 찍었다. 기사까지 줄줄이 쏟아지는 마당에, 여러 엔
터들이 남매의 행방을 찾고 있었고.
 '대박이긴 했지.'

상준은 완벽했던 그때의 무대를 떠올리며 미소 지었다.

상준의 한마디에 용기를 얻어 다시 도전했으면 좋겠지만, 그렇지 않다 하더라도 둘의 판단이라고 생각했다.

다만.

"한번 다시 노래 불러보고 싶네."

뮤지션으로서의 소박한 바람.

상준은 피식 웃으며 제현에게로 고개를 돌렸다.

"자, 시작하겠습니다!"

급하게 휴대전화를 집어넣은 상준은 카메라 중앙으로 향했다.

1월 2일.

어제의 휴가가 지난 지 바로 다음 날이었지만, 투정을 부릴 수는 없었다. 지난주부터 잡혀 있었던 「스타들의 레시피」.

상준에게 첫 요리 예능의 경험을 선사해 주었던 「스타들의 레시피」가 친구 특집편으로 상준과 제현을 섭외했기 때문이었다.

"오랜만이네."

"그러게."

상준은 태헌과 가볍게 인사를 나누고 눈앞에 놓인 재료들을 바라보았다. 각종 해산물들과 생닭.

"삼계탕이랑 버터 새우구이 만들면 되겠지."

「열정 가득 요리 천재」.

체화해 두었던 이 재능을 오랜만에 선보일 차례다.

「스타들의 레시피」에 마지막으로 출연한 후로 시간이 꽤 흘렀다고 해도, 상준은 확실히 자신이 있었다.

다만.

"아악, 이거, 이거 어떡해?"

옆에 있는 제현에게는 확신이 서지 않았다.

상준은 겁에 질린 제현을 황당한 눈으로 돌아보았다.

새우구이를 만들어야 하는데.

툭. 툭.

죄 없는 새우를 열심히 찔러대고 있는 제현이다.

상준은 두 눈을 끔뻑이며 물었다.

"뭐, 뭐 하냐."

"형, 지금 그게 문제가 아니야."

금방이라도 촬영을 때려치우고 도망칠 듯한 심각한 표정.

제현의 입에서 충격적인 한마디가 튀어나왔다.

"…얘랑 눈 마주쳤어."

"새우랑?"

격하게 고개를 끄덕이는 제현.

새우의 똘망똘망한 눈이 열심히 제현을 올려다보고 있긴 했다.

상준은 기가 차다는 듯이 새우를 집어 들었다.

분명 친구 특집인데 친구 간의 불화를 만들어낼 듯한 직감이 들어서였다.

"야, 이게 뭐가 무섭……"

"아아아악!"

상준의 말이 이어지는 와중에도 팔딱이는 새우.

상준은 새우를 제현에게 들이밀며 피식 웃었다.

"야, 너 닮았다."

메뚜기 상, 마우스 상에 이어 갑각류 상이 되어버린 제현.

제현은 부들대며 새우를 집어 들었다.

"아니거든."

"오케이, 그 마인드로 이거 좀 도와줘 봐."

"……."

"아니면 새우."

"…할게."

확실히 이 방법이 효과가 있었다.

레시피대로 차근차근 요리를 시작하는 제현. 상준은 그런 제현을 보며 미소를 지었다.

그 순간, 그의 눈에 닿은 또 하나의 식재료.

"아."

잊고 있던 게 있었다.

"내일이 선우 생일이지?"

고개를 끄덕이는 제현. 생일은 알고 있었던 모양인데, 어째 따로 준비한 건 없는 눈치다. 유찬에게도 깜짝파티를 해줬으니 그에 상응하는 무언가를 해주고 싶은데…….

"흐음."

상준은 망설이며 턱을 천천히 쓸었다.

그 와중에도 여전히 도마 위에 누워 있는 생닭을 향하는 시선.

상준은 씨익 웃으며 생닭을 집어 들었다.

"걔, 치킨 좋아하지?"

그럴싸한 계획이 떠올랐다.

　　　　*　　　　　*　　　　　*

"들어가? 들어가면 되는 건가?"

연습실 안을 살피며 수상하게 중얼대는 도영.

상준은 고개를 끄덕이며 손에 쥔 치킨 상자를 들어 보였다.

준비는 끝났으니, 이제 들어가기만 하면 된다.

"와아아아아!"

"선우 형! 생일 축하해!"

"예에에!"

상준의 수신호에 문을 열어젖히며 쏟아지는 멤버들.

연습실 안에서 쉬고 있던 선우는 놀란 눈으로 고개를 들었다.

"야……!"

1월 3일.

선우의 생일날이다.

뭔가 준비는 해놓지 않았을까 막연한 예상은 했지만.

"뭐 이렇게 대놓고 들어와……?"

"아?"

선우의 지적에 제현은 두 눈을 끔뻑였다.

유찬의 생일 때 깜짝파티로 진행한 탓에 이번에도 그러지 않을까 했는데. 이건 전혀 예상하지 못했던 그림이다.

선우는 황당한 표정으로 말을 던졌다.

"아니, 너무 당당하게 단체로 나가는 거 아냐?"

"크흠."

"연습하다가 나 빼고 다녀올 곳이 있다길래, 난 진짜 뭐가 있는 줄 알았지."

사건의 전말은 이랬다.

'아, 선우 형 우리 어디 좀 다녀올게.'

'나도 갈까?'

'아니야, 아니야. 괜찮아. 그냥 있어.'

'왜… 왜?'

따라 나오려는 선우를 강제로 연습실에 밀어 넣은 뒤 조용히
빠져나온 것도 아니고 너무 당당하게 나가 버렸던 멤버들이다.

설마 깜짝파티인가 처음엔 의심했지만 이내 그 생각을 거둬
버린 선우였다.

"아, 너무 당당해서 아니겠구나 했는데."

"그 허점을 노린 거지. 크으."

"그럴 리가. 깜짝파티 하면 울려고 준비하고 있었는데. 아, 아쉽다."

선우는 피식 웃으며 상준의 손에 들린 상자를 내려다보았다.

말은 그렇게 했지만 이렇게 잊지 않고 생일을 준비해 준 멤버
들이 마냥 고마웠다. 더욱이 손에 들린 건 선물임에 분명했으니.

"그건 뭔데?"

선우는 능청스럽게 상준을 향해 물었다.

상준은 뿌듯한 표정을 지으며 바닥 위에 종이 상자를 올려놓았다.

유명 치킨 브랜드의 로고가 박혀 있는 상자.

"와, 설마 치킨?"

"형이 엄청 먹고 싶어서 사 왔지."

도영 역시 생글거리며 말을 얹었다.

체중조절 중이라 치킨을 거의 먹지 못했던 선우다.

고기도 고기지만, 닭고기는 또 다른 의미의 감격이다.

"거절할 이유가 없지."

"이럴 때 먹어줘야 해."

선우의 두 눈이 해맑게 반짝였다. 선우는 거듭 감탄하며 손뼉을 쳤다.

"와, 대박이다. 진짜."

"봐봐, 형이 좋아할 거 같더라."

"케이크도 준비했으니까 일단 앉아봐."

멤버들의 말에 진심으로 감동을 받은 듯한 선우.

선우는 뭉클한 심정으로 연습실 바닥에 다급히 앉았다.

눈앞에 둔 이상 어서 먹어 치워야 하는 치킨.

찰칵.

선우는 기쁨의 기념 샷을 찍고선 힘차게 외쳤다.

"어서 뜯자."

"크으. 좋다."

"예에에!"

하지만, 너무 기쁨에 잠긴 바람에 선우는 알지 못했다.

멤버들이 뒤에서 의미심장한 미소를 짓고 있다는 것을.

"선우야."

상준이 선우의 눈치를 살피며 슬쩍 말을 던졌다.

"한번 열어봐."

"아, 내가? 좋지, 좋지."

별 의심 없이 치킨 상자를 집어 드는 선우.

상자 안으로 묵직한 감각이 느껴진다.

선우를 콧노래를 흥얼거리며 상자를 중앙에 내려놓았다.

"야, 몇 인분을 시킨 거야. 엄청 무겁네."

"……."

차마 표정 관리를 할 수 없었던 제현이 황급히 고개를 돌리고.

선우는 해맑게 웃으며 치킨 상자를 한 번에 열어젖혔다.

그 순간.

"…아?"

연습실 내로 흐르는 정적.

두근두근한 마음으로 열어젖힌 상자에, 전혀 예상치 못했던
녀석이 들어 있었기 때문이었다.

"이, 이게 뭐야?"

상자 한가운데에 놓여 있는 닭.

그러니까, 선우가 아는 치킨의 개념과는 조금 다른.

선분홍색의 닭.

금방이라도 날아갈 것만 같은 아름다운 자태에, 선우는 벌어
진 입을 다물지 못했다.

"푸흡."

"치… 치킨은?"

노릇노릇한 비주얼을 자랑하는 치느님.

그 치느님은 어디로 가고 생생한 닭이 누워 있다.

본질은 아무리 같다지만……. 선우는 이 상황이 믿기질 않았다.

"어디 갔어, 치킨은?"

뒤늦게 현실을 부정하며 던지는 선우의 물음에 제현이 비수를 꽂았다.

"이제 튀기면 돼."

아.

멍하니 닭을 내려다보는 선우의 동공이 빠르게 흔들렸다.

거기에 불을 붙이는 도영의 한마디.

"형이 양념치킨을 좋아하는지, 후라이드를 좋아하는지 헷갈려서."

"그러엄. 우리가 다 섬세하게 고려한 거야."

너무도 감동적인 섬세함이다.

지나친 배려에 선우는 부들대며 소리를 질렀다.

"그러면… 반반을 사 오면 되잖아!"

"에이, 어니언을 좋아할 수도 있잖아."

거기에 한마디도 밀리지 않는 도영.

선우는 해탈한 표정으로 닭을 내려다보았다.

기름진 치킨을 기대했건만, 눈앞에 있는 건 금방이라도 날아갈듯 생생한 닭 한 마리.

선우는 닭을 들어 올리며 진지하게 물었다.

"얘도 날까……?"

뜬금없는 선우의 말에 열심히 놀려대던 멤버들은 일동 당황했다.

이런 반응을 기대한 게 아니었기 때문이었다.

유찬은 상준의 옆구리를 찌르며 작게 중얼댔다.

"선우 형이 드디어 미친 걸까?"

하지만, 미쳤다고 하기엔 너무도 평온한 얼굴.

선우는 다시 천천히 고개를 들어 올리며 멤버들에게 미소 지었다.

의미를 알 수 없는 물음과 함께, 닭을 높이 드는 선우.

"너네도 날까?"

"아?"

눈치 빠른 유찬은 직감적으로 조용히 물러섰다.

그걸 알 리 없는 도영은 앞에서 고개를 갸우뚱대고 있었지만.

"그게 또 무슨 소리……"

"죽으면 알려줄 수 있지 않을까?"

선우의 의미심장한 한마디와 동시에 허공을 가르는 닭.

휘이익─.

선분홍빛 닭은 그렇게 천장을 지나쳐 날아…….

"꾸엑!"

도영의 머리를 가격했다.

"꾸에엑……."

비명과 함께 고꾸라지고만 도영.

그걸 바로 앞에서 목격한 상준의 두 눈이 경악으로 가득 찼다.

"아아아악!"

"도, 도망가!"

기가 막힌 아이디어를 기획한 상준과 제현은 꽁지가 빠져라 도망치기 시작했고, 몸치인 선우마저도 분노 앞에선 날렵했다.

느닷없이 벌어진 연습실 앞 추격전.

"아… 아악!"

"매니저님! 매니저님!"

이미 선우의 희생양이 된 제현을 지나쳐, 정신없이 복도를 내달리던 순간.

별빛이 쏟아지던 그 바다에서—
난 너와 함께 있었어

"아……?"
상준의 귀에 들려온 익숙한 노랫소리.
"잡았다! 나상준 뒈졌……."
"아아악……."
선우의 손에 목덜미가 잡히는 것도 자각하지 못한 채, 상준은
멍한 얼굴로 고개를 돌렸다.

                    *   *   *

나는 그때 그 밤바다를 기억해
오늘도 나는
그 바다를 기억해

그때의 그 목소리다.
바닷가에서 상준을 홀려놨던 완벽한 보이스.
상준은 선우를 뿌리치고선 천천히 앞으로 나섰다.
복도 끝 연습실로 홀린 듯이 걸어가는 상준에 선우는 의아한
표정으로 말했다.
"뭐야, 쟤는 왜 갑자기 넋이 나갔어?"
"닭 다리로 덜 맞아서… 아악! 왜 또 때리는데?"

괜히 촐싹대다가 다시 얻어맞은 도영.

선우는 어깨를 으쓱이며 대수롭지 않게 받아쳤다.

"이따 마저 때리면 되지."

"히익, 선우 형 흑화 했어."

언제나 온화하던 선우는 어디로 가고, 흑화 된 모습으로 돌아왔다.

'역시 먹을 거로는 건드리면 안 돼.'

뒤늦게 깨달음을 얻은 도영이 고개를 끄덕이는 사이, 상준은 살벌한 멘트들을 뒤로하고 문 앞에 다다랐다.

활짝 열려 있는 복도 끝 연습실.

상준은 그 문에 기대어 여학생을 확인했다.

'그때, 그 친구네.'

목소리만 듣고 단번에 알아챌 정도로 매력적인 음색이다.

여기까지 와서 노래를 부르고 있다는 건…….

'오디션인가.'

별빛이 쏟아지던 그 바다에서―
난 하늘을 보고 있었어

그때와 똑같은 가창력.

미묘한 노래 기술들은 오히려 조금 더 발전한 느낌이다.

분명 긴장했을 텐데도 흔들림 없이 나오는 목소리에 적당한 표정 관리까지.

'실망을 시키질 않네.'

그 바다에서―

시은의 시원한 음색 아래로 부드럽게 화음을 까는 우진.

상준이 바닷가에서 들었던 버전대로 어쿠스틱이 된 '밤바다'가 그의 손끝에서 자연스레 흘러나왔다.

'기타도 잘 치고.'

상준은 확신에 찬 미소를 지어 보였다.

그리고 그 감정은 심사 위원들도 비슷한 모양이었다.

조승현 실장은 어느덧 콧노래를 흥얼거리며 남매의 새로운 '밤바다'에 빠져들어 있었고, 다른 심사 위원들의 입가에도 웃음이 걸려 있는 건 매한가지였다.

'성공적인 오디션.'

그게 마치 제 일인 양 상준은 뿌듯해했다.

실제로 저 자리에서 조승현 실장과 처음 만났던 상준이었으니까.

'그러면 노래, 한번 불러볼래요?'

그 한마디에 용기를 얻어 재능을 선보였던 상준이다.

그때 떨리던 감각이 아직도 생생하지만, 시은은 전혀 흔들림 없이 잘해내고 있었다.

그 바다를 기억해

'잘한다, 잘해.'

상준의 정신을 온통 빼놓았던 그 무대가 거의 끝나가는 중이었지만, 상준은 쉽사리 앞으로 나설 수가 없었다.

어찌 되었든 오디션 중이니.

'결과나 잘 나왔으면 좋겠네.'

상준이 설렘 반 초조함 반으로 문 옆에 서 있던 찰나, 무의식적으로 고개를 돌린 조승현 실장이 놀란 눈으로 말했다.

"아니, 너 왜 거기 있어?"

"아……."

졸지에 오디션을 참관하는 입장이 되어버린 상준이다.

원래는 신인에게 이런 자리를 내어줄 리가 없지만, 조승현 실장은 웃으며 상준에게 손짓했다.

"한번 보고 가든가. 애들 오디션인데."

"그, 그래도 되나요?"

상준은 머쓱한 미소를 지으며 조심스레 연습실 안으로 들어섰다.

조 실장의 옆에 앉아 있던 1팀장 정혁이 인상을 찌푸렸지만 별다른 말은 하지 않았다. 조승현 실장은 너털웃음을 터뜨리며 옆자리를 툭툭 쳤다.

"뭐, 처음 들어올 때 생각도 나고 그럴 거 아냐. 여기 앉아봐."

"네, 감사합니다."

"그리고 얘네도 알지 않나?"

조승현 실장이 시키는 대로 그의 옆에 조용히 앉은 상준은 고개를 끄덕였다. 리얼리티 촬영 중에 '그 위에서'를 듀엣으로 부른 데다가 그 영상이 일파만파 퍼졌으니 조 실장이 모를 리가 없었다.

그제야 상준은 남매가 나란히 JS 엔터를 찾은 이유를 깨달았다.

'영상 보고 데려온 건가.'

사람을 워낙 잘 캐치하는 조승현 실장이 그걸 놓쳤을 리가.

두 남매를 노린다는 소속사들의 얘기는 들었었지만 JS 엔터도 그 행렬에 줄을 섰는지는 몰랐다.

그 영상을 보고 열심히 수소문해서 아이들을 데려왔을 터지만, 상준은 두 남매가 더 대단하게 여겨졌다.

'그만한 용기가 필요했겠지.'

너무도 빛이 나는 그 재능을 진심으로 쓰길 바라며 상준이 내 걸었던 조언.

'그래도 한 번 더 도전해 봐요.'

'후회하는 거보단 나은 거 같아서.'

또다시 강압적인 현실에 부딪힐까 봐 망설였을 남매의 모습이 눈에 그려졌다. 그럼에도 다시 한번 이곳을 찾았다는 건 자신의 조언이 어느 정도 먹혀들어 간 것이 아닐까.

상준이 괜히 뿌듯한 심정으로 미소 지을 때였다.

"아니, 얘네 말고도."

"네?"

눈앞에 서 있는 바닷가 남매 외에 상준이 아는 사람이 있을 리가.

"제가… 만난 사람이요?"

"저기 들어오네."

상준의 어깨를 툭 치며 건네는 조승현 실장의 말에 놀란 눈으로 고개를 들었다. 조 실장의 손에 들린 볼펜이 향하는 곳.

문 옆에서 대기하고 있던 낯설지 않은 얼굴들이 단체로 들어오는 순간.

"……"

상준은 놀란 눈으로 휴대전화를 떨구었다.

『탑스타의 재능 서고』 6권에 계속…